소설로 배우는

Corporate Restructuring And Work-out Program

기업회생

소설로 배우는 기업회생

초판 1쇄 인쇄 2014년 9월 10일
초판 1쇄 발행 2014년 9월 20일

지은이 노일석
펴낸이 전익균

편집장 신희진
마케팅 기획 정우진
디자인 김정
영상홍보 김희영
매니지먼트 강지철
제작대행 (주)체인지컬러

펴낸곳 새빛북스
주소 서울시 송파구 가락로 102 석촌꽃마을빌딩
전화 02)2203-1996 **팩스** 02)417-2622
이메일 svedu@daum.net **홈페이지** www.bookclass.co.kr
등록번호 제215-92-61832호 **등록일자** 2010. 7. 12

값 14,000원
ISBN ISBN 978-89-92454-09-4 (03810)

이 도서의 국립중앙도서관 출판시도서목록(CIP)은 서지정보유통지원시스템 홈페이지(http://seoji.nl.go.kr)와 국가자료공동목록시스템(http://www.nl.go.kr/kolisnet)에서 이용하실 수 있습니다.(CIP제어번호: CIP2014024907)

새빛 비즈니스 소설 1

소설로 배우는 기업회생

Corporate Restructuring And Work-out Program

| 노일석 지음 • 임방진 감수 |

뚱 대박그룹 구하기

도서출판 새빛
SAEVIT

Prologue

어려운 재무로부터의 해방

최근 신문이나 뉴스를 보면 경제관련 기사가 과거에 비해 많아졌다. 1980~90년대에는 정치 · 사회와 관련된 기사가 많았지만, 2000년대 들어 뉴스의 중심은 경제가 되었다. 최근 각종 선거에서도 경제를 살리자는 공약이 홍수처럼 쏟아지고 있고, 그 덕에 대통령까지 되신 분도 계셨다.

한국의 경제 뉴스들을 보면 국외적으로는 화려하지만, 국내적으로는 우울한 내용이 많다. 한국은 OECD가입국이고 세계 10대 무역국에 들어갔지만, 저성장으로 인한 장기 불황으로 업종을 가리지 않고 경영환경이 악화되고 있다. 건설, 해운 등 특정 업종의 경우에는 해당 산업에 속한 기업 상당수가 어려움을 겪고 있으며, 국가적차원의 업종 구조조정을 검토할 단계까지 도달했다.

1990년대말 '워크아웃', '법정관리' 등의 용어들을 매스컴을 통해 처음 접했을 때 국민들은 이런 단어들을 많이 낯설어 했다. 하지만, 지금은 단어에 대한 노출이 잦아서인지 용어 자체에는 익숙해져 있다. 하지만 그 용어들에 대해 익숙할 뿐이지, 구체적으로 워크아웃과 법정관리의 차이를 모르는 경우가 많다. 단지 회사가 막다른 길까지 왔다는 정도를 느낌으로 알 정도일 것이고 향후 회사에 어떤 일이 발생하는지 그리고 어떤 선택이 회사에게 더 도움이 되는지 모르는 경우가 많다. 이런 지식은 그쪽 업무를 접하지 않은 재무쪽 당사자들도 마찬가지일 것으로 사료된다. 하물며 일반인의 경우 기사를 접하면서 호기심 차원에서 막상 그 내용을 찾아봤다가도 어려운 재무 · 회계 용어와 법률용어로 오랜만에 가졌던 지적 호기심이 꺾이는 경우가 많았을 것이다. 설사 우여곡절 끝에 이론적인 내용을 찾아 이해했더라도, 실무적으로 적용은 또 다른 차원의 이야기가 될 것이다. 마치 우리가 학창시절 영어단어를 외울 때 단어만 외우다보니 그 단어들을 가지고 문장을 만들지 못했던 것과 같은 원리일 듯 싶다.

지금은 정보의 홍수 시대이다. 재무와 관련하여 궁금한 내용을 찾아보려고 맘을 먹으면 인터넷 포털을 통해 조사가 가능하다. 하지만 어느 내용이 맞는지, 또는 어떻게 적용하는 것이 맞는지 찾기 위해서는 정보의 망망대해에서 나침반도 없이 떠돌다가 결국은 유령선이 될 것이다.

필자는 재무에 관심 있는 사람들을 위해 관련 내용들을 쉽고 재미있게 이해할 수 있도록 정리하려고 노력했다. 특히 최근 사회적 · 경제적으로 이슈화된 내용을 중심으로 구성하여 시사성을 높였고, 전체를 하나의 이야기로 구성하여 주제들간의 연계성을 높여 독자들의 이해도를 증진시키려고 노력했다. 또한 양념으로 직장생활과 관련된 샐러리맨들의 에피소드를 중간에 넣어 지루하지 않도록 구성해보았다.

이 책이 다른 일반 재무관련 책들과 다른 점은 위기상황의 재무관리자(CFO)라는 주제로 내용을 꾸며보았다는 것이다. 통상적으로 재무관련 책들은 결산, 관리회계, 세무 등 회사가 위기상황이 아닌 일상적이고 반복적으로 수행되는 업무와 관련된 내용들이 많다. 그리고 이러한 업무들은 심도 있는 회계지식을 요구하는데, 그러다보면 시작도 해보기 전에 재무에 대한 흥미를 금방 잃어버리게 된다. 재무라는 영역을 풀코스 식사에 비유한다면, 아마 회계 · 재무관리는 메인디쉬가 되지 않을까 싶다. 필자는 이 책이 재무에 흥미를 가지고 있는 독자들의 입맛을 살려주는 애피타이저정도의 역할을 할 수 있도록 시도하였다. 새콤달

콤한 애피타이저를 통해 재무에 맛을 들이고 더 공부해봐야겠다는 의지가 생기면 그 때 두툼한 교과서를 통해 추가적인 지식의 갈증을 해소하길 바란다. 필자도 회계원론을 처음 공부할 때 차 · 대를 이해하는데 무려 3달이나 걸렸다. 나중에 차 · 대의 의미를 알았을 때 허탈했던 기억이 아직도 생생하다. 그때 좌절하여 책을 멀리하였다면, 재무와의 인연은 끝났을지도 모르겠다.

필자는 이 책을 읽고 독자들이 막연하게 가졌던 재무에 대한 공포가 조금은 해소되기를 바란다. 그래서 현재 업무에 매몰되어 매너리즘에 빠진 독자들이 재무 개념을 가지고 진행하는 업무들을 다시 돌아본다면 과거와는 다른 답을 찾을 수도 있을 것이다. 즉 재무에 대한 이해는 독자들이 현재 맡고 있는 업무 능력을 분명 한 단계 업그레이드 시킬 것으로 확신한다.

끝으로 바쁜 시간을 쪼개어 많은 조언을 해주신 KDB생명 임방진실장과 이상석회계사에게 감사드리며, 사랑하는 성희, 수민, 수경에게도 고맙다는 말을 전하고 싶다.

2014년 4월

노일석

새빛 비즈니스 소설 시리즈3
소설로 배우는 기업회생 · 뚱 대박그룹 구하기

차례

Chapter

1

흥진비래
위기에 처한 대박그룹!

- 예고된 위기
- 뚱 CFO로 발령 나다
- CFO가 뭐지?

행동하지 않는 것은 모르는 것과 같다.

•

노일석

예고된 위기

'웅~~웅~~'

핸드폰 진동 소리에 뚱은 간신히 잠을 깼다. 무거운 몸을 힘겹게 일으켜보니 머리가 띵하고 어지러웠다. 어제 과음한 탓이었다. 30년간 동고동락했던 왕 회장의 눈물이 뚱을 힘들게 했다. 30년 전 대박전자 영업부에서 왕 회장과 뚱은 사수와 부사수로 만났고 이후 지금까지 생사고락을 같이 해왔다. 그렇지만 회장님은 절대 뚱에게 눈물을 보인 적이 없었다. 그만큼 현재 대박그룹이 너무나 큰 위기를 맞고 있다는 증거였다.

대박그룹은 왕 회장과 뚱이 대박전자를 시작으로 30년 동안 일궈온, 그들의 피와 땀이 녹아 있는 곳이다. 본인들의 자식과도 같으며, 삶의 전부라고 해도 과언이 아니었다. 물론 숱한 어려움이 있었지만, 왕 회장과 뚱은 그 어려움들을 다 극복하고 대박그룹을 현재 대한민국의 30대 그룹으로 성장시켰다. 그런데 그런 회사가 지금 부도의 위기에 처해 있었다.

대박그룹은 주력사업인 대박전자, 대박식품을 중심으로 3~4개의 관련 자회사와 그룹을 한 단계 더 도약시키기 위해 3년 전에 인수한 대박건설, 대박풍력 등 총 8개 자회사로 구성되어 있다. 문제는 3년 전에 인수한 대박건설과 대박풍력에서 발생했다.

대박그룹 지배구조도
왕회장
대박홀딩스
(상장, 27%)
대박글로벌
대박전자
대박식품
대박건설
대박에너지
대박풍력
대박캐피탈
순자본
5,000억
5,000억
5,000억
300억
6,000억
1,000억
3,000억
총자산
3조
1.5조
0.1조
3.0조
0.5조
0.3조
3.0조
그룹 총자산 : 11.4조
그룹 순자본 : 2.1조

3년 전 대박그룹은 제2의 창업을 목표로 분주하게 움직이고 있었다. 그룹의 생동감도 그 어느 때보다 높았고, 직원들도 그간의 성공으로 에너지가 넘쳤다. 사실 그동안 대한민국의 발전과 함께 대박그룹은 승승장구해오고 있었다. 무일푼으로 시작하여 자산규모 7조, 대한민국 30대 재벌에 들어가는 큰 회사를 만들어냈으니, 직원들도 '하면 된다'라는 생각으로 열심히 일하고 있었다. 그러나 문제는 '하면 된다'라는 그룹의 사훈이었다.

왕 회장은 제2의 도약을 준비하는 이 시점에 그룹의 사훈을 좀 더 멋있는 것으로 바꾸고 싶어 했다. 그룹의 규모에 비해 사훈이 초라하다고 여겨졌기 때문이었다. 회사가 성장하면서 왕 회장은 대한민국 재벌 사교계에 자주 나가게 되었는데 그때마다 다른 그룹의 회장들은 차세대 먹거리, 재도약 등을 이야기하면서 화려한 미션(Mission)과 비전(Vision)을 이야기했다. 하지만 왕 회장은 그 자리에서 대박그룹의 사훈을 말하는 것이 조금 부끄러웠다.
사실 대박그룹은 '하면 된다' 이외에 그럴싸한 사훈이 없었다. 홈페이지도 타그룹에 비해 촌스러웠다. 그래서 왕 회장은 제2의 도약을 준비하면서 그룹 전반의 발전 방향에 대해 컨설팅을 받아야겠다고 생각하고 뚱에게 컨설팅을 받으라고 지시했다. 왕 회장은 뚱에게 이제 회사에 여유 자금도 좀 있고 하니 비용 생각하지 말고 세계 최고의 컨설팅 회사에게 컨설팅 자문을 받으라고 말했다. 그럴싸한 Mission&Vision을 만들어보려는 왕 회장의 욕심이었다. 문제는 여기서 발생했다.

사실 뚱은 '하면 된다'라는 사훈이 나쁘지 않았다. 하지만 왕 회장은 '인재와 기술을 바탕으로 최고의 제품과 서비스를 창출하여 인류사회에 공헌한다'[1]와 같은 그럴싸한 경영이념이 필요했던 것이다. 결국 뚱은 여러 컨설팅사를 수소문한 끝에 S COMPANY에 그룹 미션과 비전을 맡기게 되었다. 이때 만난 사람이 S COMPANY의 수석 컨설턴트인 제임스 정이었다.

제임스 정은 뚱과는 비교도 안 될 만큼 화려한 스펙을 보유하고 있었다. 교포 2세 출신으로 와튼 비즈니스 스쿨을 나온 수재 중의 수재였다. 샤프한 외모에 150수 슈트를 걸치고 명품 신발을 신고 있는 제임스 정에게는 왠지 모를 위압감이 느껴졌다. 왕 회장은 이런 제임스 정에게 한눈에 반했다. 제임스 정은 대박그룹의 어떤 직원들과도 달랐기 때문이었다. 그동안 대박그룹

1) 삼성그룹 경영이념

은 임직원들 한 명 한 명이 일에 대한 열정 하나로 똘똘 뭉쳐 그 어느 조직보다도 인간미가 넘치는 조직이었다. 왕 회장을 아버지처럼 따르고 충성스럽게 일하는 사람들은 있었으나 세련되고 샤프한 인재는 없었던 것이 사실이었다.

왕 회장은 제임스 정에게 전폭적인 신뢰를 주면서 그룹 총괄 CFO(Chief Finance Officer: 재무담당최고책임자)에 임명했다. 회장의 신뢰를 한 몸에 받은 제임스 정은 지금까지와는 다른 방식으로 대박그룹을 이끌어나가기 시작했다. 그러면서 인간미가 넘쳤던 대박그룹의 회사 분위기는 실적 중심, 성과 중심의 회사로 서서히 바뀌어갔다. 대박그룹의 임원들은 제임스 정이 추진하는 정책이 맘에 들지 않았다. 여태껏 대박그룹을 성공에 이르게 한 요인들을 모두 버리고 완전히 새로운 방식으로 일을 한다는 것이 내키지 않았던 것이었다.

그러나 왕 회장은 제임스 정에 반대하는 임원들을 무시하는 것을 넘어서 인간적으로 모멸하기 시작했다. 그러자 그동안 왕 회장을 아버지처럼 모시면서 숱한 고난을 함께 헤쳐 나갔던 많은 임원들이 상처를 받고 하나둘 회사를 떠나게 되었다. 그렇게 대박그룹의 기둥과도 같았던 사람들이 떠나가자 그룹은 자연스럽게 기울어지기 시작했고, 급기야는 현재 부도 직전의 상태까지 오게 되었다. 설상가상으로 그룹이 이 지경이 되기 얼마 전, 개인사를 이유로 제임스 정은 돌연 미국으로 돌아가버렸다. 그제야 왕 회장은 주위를 둘러보았다. 이제 회장 곁에 남은 과거의 역전의 용사는 뚱뿐이었다.

뚱 CFO로 발령 나다

왕 회장은 고심 끝에 제임스 정의 후임으로 뚱을 그룹 총괄 CFO에 임명했다. 그것이 어제의 일이었다. 오랜만에 술을 같이 하자던 왕 회장은 뜬금없이 그런 부탁을 뚱에게 한 것이었다. 술자리에서 하기엔 적절치 않은 대화였지만 왕 회장은 오랫동안 고심해 왔다며 거절하지 말아달라고 했다. 그리고는 많은 눈물과 함께 그룹 재기를 뚱에게 간절히 부탁했다. 처음 보는 왕 회장의 눈물에 뚱도 거절할 수가 없었다. 그 대화 이후로, 둘은 말없이 술잔을 기울였다.

뚱은 깨질 것 같이 아픈 머리를 쥐어 잡고는 화장실로 들어가 세수를 했다. 찬 물을 얼굴에 끼얹으니 좀 정신이 드는 것 같았다.

몇 번이나 물로 얼굴을 비비고는 뚱은 멍하니 거울을 바라봤다. 중책을 부여받긴 했지만, 뚱은 사실 영업맨 출신이었다. 한국의 많은 영업맨들이 그렇듯이 학연, 지연, 혈연 등 자신의 모든 관계를 통해 물건만 열심히 팔아왔던 사람이다. 갑작스레 CFO를 맡았지만 CFO가 뭐하는 것인지조차도 몰랐다.

'50 중반을 넘어가는 나이에 무엇을 다시 공부한다는 것은 불가능한데…….'

뚱은 걱정이 앞섰다. 그러나 하겠다고 한 이상, 자신이 책임질 수밖에 없다는 생각도 들었다. 게다가 이게 뭔지는 몰라도, 현재 그룹의 위기를 극복하기 위해서 아주 중요한 직책임에 틀림없었다. 지금 그룹의 위기는 재무적 이슈 사항에서 오는 것임을 뚱도 어림짐작으로 알고 있었기 때문이었다.

그룹의 위기를 극복하기 위해서는 물건을 많이 파는 것도 중요했지만 그룹 내의 재무적 문제들을 해결하는 것이 더 중요했다. 그동안 무리한 확장으로 인수했던 건설사와 신재생에너지회사를 정리하는 것이 급선무였던 것이다. 과도한 채무 문제도 해결해야 했다. 물론 뚱은 어디서부터 해야 하는 건지 도무지 감을 잡을 수가 없었다. 뭘 믿고 왕 회장이 자신에게 이런 일을 맡긴 건지 의심스러울 지경이었다.

그런데 사실 왕 회장도 뚱이 미덥지 않았다. 술자리에서 눈물로 이야기했지만 반신반의하면서 맡겼던 것이다. 그 중심에는 왕 회장의 마음속에 자리 잡은 크나큰 상처가 있었다. 제임스 정에게 너무 큰 배신을 당해 이젠 머리에 든 지식보다, 가슴에 든 충성심을 믿고 싶었기 때문이었다. 그런 면에서 과거 생사고락을 같이 했던 뚱이 가장 믿을 만한 사람이었다.

뚱은 정신을 차리기 위해 찬물로 샤워를 하고는 말끔하게 옷을 입었다. 회계원리 책부터 공부해야 하는 건지 답답했지만 일단 부딪쳐보기로 했다.

'잘 모르면 부하직원들도 무시할 텐데……. 이럴 땐 안면 몰수하고 폭압정치로 가는 거야.'

인사권이 있으니 일단 조직부터 장악하고 업무는 차차 배워가는 것이 순서일 듯싶었다.

CFO가 뭐지?

뚱은 출근하자마자 김영달 부장을 불렀다. 김영달 부장은 재무부 팀장으로 그룹 재무를 총괄하고 있었다. 뚱과는 라인이 달라 같이 일해본 적은 없었지만, 그룹에 입사한 이후로 쭉 재무만을 해왔던 친구라는 것은 알고 있었다. 소심한 성격이지만 원칙과 규정을 중시하는 스타일이라 자신과는 잘 맞지 않는 부하 직원이었다. 뚱의 스타일상 같은 라인에서 일했다면 진작 잘랐을 것이다. 하지만 이젠 한 팀을 이루었으니 잘 타일러서 일을 해야겠다는 생각이 들었다.

'일단 기선을 제압하는 것이 중요하다!'

뚱은 부서에 가자마자 김 부장에게 업무보고를 지시했다. 무엇보다도 CFO가 뭐하는 자리인지가 궁금했다. 김 부장은 뚱이 온다는 이야기를 듣고 미리부터 업무보고 준비를 해온 탓에 바로 업무보고를 실시했다. 김 부장은 그룹 재무현황부터 보고하기 시작했다. 자산이 얼마고, 당기순이익이 얼마라고 각종 표와 그래프를 써가면서 설명했다. 그런데 뚱이 진짜 궁금한 건 창피하지만 본인이 무엇을 해야 하는가였다. 그게 궁금한데, 머리에 잘 들어오지도 않는 숫자만 나열하고 있는 김 부장을 보니 화가 저절로 났다. 뚱은 답답한 걸 참지 못하는 성격이라 화를 버럭 내면서 김 부장에게 물었다.

“김 부장! 내가 누구야? 난 영업맨이라구. 나한테 지금 재무 현황 보고를 하면 그걸 내가 알아? 이 친구 참 보고할 줄 모르는구먼.”

김 부장은 뚱의 역정에 순간 당황했다. 수차례 새로운 부사장에게 업무보고를 했던 포맷이라 무난하다고 김 부장은 생각했기 때문이다.

“관행적으로 재무보고부터 해왔던 거라, 죄송합니다. 다시 준비하도록 하겠습니다.”

“앞으로 나한테 ‘관행적으로 이렇게 해왔다’ 이런 말하면 죽여버릴 거야. 그리고 내 앞에서는 말 어렵게 하지 마. 윗사람 공부하게 만드는 것만큼 나쁜 보고가 없어. 쉽게 쉽게 하란 말이야!"
"예. 알겠습니다. 그럼 다시 보고 올리도록 하겠습니다."

"다시 할 시간 없으니까 그냥 이 자리에서 끝내자구. CFO가 뭐하는 자리야?"

김 부장은 어이가 없었다. 순간 전임 CFO인 제임스 정이 떠오르면서 너무 비교가 되었다. 사실 제임스 정이 회사를 이 지경으로 만들긴 했지만, 재무에 대해서는 박식한 사람이었다. 그리고 무엇보다도 젠틀했다. 회사가 망해가고 있어 그렇지 않아도 회사 다닐 맛이 안 나는데 저런 바보 같은 사람을 상관으로 모실 생각을 하니 앞이 캄캄했다. 하지만 너무 억압적인 분위기라 벌벌 떨면서 아는 상식선에서 대답을 했다.

"쉽게 말하면 회사의 자원을 관리하는 곳간지기라고 할 수 있습니다. 하지만 이건 너무 편협한 생각이고 요즘에는 CFO가 하는 일이 많아지고 중요해졌습니다. 결국 우리 회사가 이 꼴이 난 것도 CFO 역할이 너무 커졌기 때문이죠."
"맞아. 예전에는 경리책임자라고 맨날 우리에게 물품 아껴 쓰라고 잔소리만 했던 사람인데, 대체 어떤 역할을 했길래 30년 넘게 잘 굴러온 회사를 한방에 날려버렸던 거지?"

"조금 어렵게 말씀드려도 괜찮다면, 다시 설명해 보겠습니다."

"너무 어려우면 넌 당장 해고야!"

뚱은 김 부장이 너무 주눅이 들어 있는 것 같아 살짝 미소를 지으면서 대답을 재촉했다. 김 부장에게 그 미소가 또 하나의 협박처럼 보였다는 건 뚱이 모르는 일이었다. 김 부장은 침을 꼴깍 삼키며 대답했다.

"CFO의 역할이라는 게 두 가지 측면이 있습니다. 하나는 보수적 관점의 자산 · 부채 리스크관리와 공격적 관점의 자산 · 부채 효율화관리입니다. 곳간지기라고 말씀드렸던 것은 보수적 관점의 리스크관리자로 예전에는 이 역할이 많이 강조되었습니다. 그래서 영업이나 전략 쪽에서 사업을 추진하려고 하면 주로 반대하는 목소리를 많이 냈고, 그래서 잔소리꾼이라는 소리도 많이 들었습니다. 과거의 CFO는 이 정도 역할에 대부분 만족했었습니다. 그런데 최근에는 CFO에게 공격적 측면 역할을 요구하기 시작했습니다. 무슨 말씀이냐면, 리스크를 회피할 것만이 아니라, 적절한 리스크를 받아들이고 자산과 부채를 최대한 효율화하여 회사의 새로운 이익을 창출하는 기초로 활용하는 것입니다. 즉 감에 의해 투자를 하는 것에서 벗어나 사업의 현금흐름을 면밀히 분석하여 사업구조를 재설정하고, 이를 통해 사업의 수익성을 향상시키는 것이죠."

〈CFO의 역할〉

공격적 측면(현재)	보수적 측면(과거)
▪ 이윤 및 가치 창출 ▪ 기업 잠재 성장력 및 경쟁우위 확보 ▪ 투자기회 제공	▪ 기업가치 방어 및 잠재적 손실 최소화 ▪ 기존사업 관리 ▪ 투자자 불안 심리 해소

"그렇게 쉽게 말하라고 해도 말귀를 못 알아듣는구먼. 당신이 그렇게 똑똑해? 야 너! 틀을 깨란 말이야. 그렇게 꽉 막혀가지고 무슨 일을 한다고 그래? 지금 네가 한 말을 나는 하나도 못 알아듣겠어. 그런 보고는 죽은 보고야! 살아 있는 보고를 하란 말이야!!! 사업구조 재설정……. 이건 구체적으로 어떻게 하는 거야?"

뚱은 답답한 듯 다시 언성을 높였다. 김 부장은 된통 잘못 걸렸다는 표정으로 말을 이어나갔다. 이번엔 정말 최대한 말을 쉽게 하려고 노력했다.

"우리 경우로 말씀드리면, 전자사업의 비중을 줄이고 건설 및 신재생에너지 사업을 시작한 것입니다. 전자사업의 현금흐름을 분석해보니 ROE[2]가 너무 낮게 나와 그 사업을 축소하고 대신 신성장 사업으로 그룹의 자원을 집중했던 것입니다."

뚱은 3년 전 갑자기 전자사업을 매각한다고 했던 왕 회장의 발표가 생각났다. 많은 임원들이 반대하여 실제 매각까지는 이뤄지지 않았지만, 그 일을 반대했던 임원들은 이후 왕 회장에게 미움을 받아 회사를 그만두게 되었기 때문에 논란이 많았던 발표였다. 뚱도 그 당시 전지전능하게 보였던 회장의 지시사항이라 깊이 생각하진 않았지만, 30년 회사의 근간이 됐던 사업을 접는다는 말에 적지 않은 충격을 받았던 기억이 났다.

2) ROE(Return On Equity) – 자기자본이익률
기업이 투자한 자기자본이 얼마만큼의 이익을 냈는지를 나타내는 지표. 자기자본수익률이라고도 한다.

그런데 김 부장의 말을 들어보니 그때 그 논란을 일으켰던 아이디어는 왕 회장의 것이 아니라 다름 아닌 제임스 정의 아이디어였던 것이다. 그런 생각을 하니, 뚱은 새삼 잊고 있었던 제임스 정에 대한 분노가 다시 끓어올랐다. 그때 일어난 충돌로 인해 임원들이 떠나가지만 않았어도 대박그룹이 이 지경까지 되진 않았을 텐데…….
제임스 정은 이익만 생각할 줄 알고 그보다 중요한 인간관계와 사람은 생각할 줄 모르는 놈이었다. 이 중요한 자리를 그런 사기꾼에게 맡겼다고 생각하니, 왕 회장이 불쌍하다는 생각도 같이 들었다. 그러나 지금은 이런 모든 것들을 다 잊어야 했다. 당장 해야 할 일이 더 중요했기 때문이었다. 이젠 뚱 본인이 제임스 정의 역할을 해야만 했다. 물론 그와는 다르게 말이다. 뚱은 어깨가 무거워지는 것을 느끼며 아까보다는 조용한 목소리로 차분히 김 부장에게 물었다.

"김 부장, 그러면 CFO가 갖춰야 할 덕목이 뭐가 있을까?"

김 부장은 차분해진 뚱의 얼굴을 보고는 자신의 대답이 뚱의 마음에 들었다고 생각했는지 조금 긴장된 얼굴을 풀고서 입을 열었다.

"제 생각에는 CFO라면 세 가지 덕목을 갖춰야 한다고 생각합니다. 첫 번째는 가장 기본적인 것으로 재무적 지식(知, knowledge)입니다. 회계, 재무관리 등 기본적인 재무 지식에 대한 이해가 필요합니다. 두 번째는 전략적 사고(慧, Insight)입니다. 기업 가치 향상을 위해 어떤 사업을 발굴하고 집중해야 하는지 판단을 신속하게 할 수 있어야 합니다. 마지막으로는 CEO에게 바른 조언을 할 수 있는 용기(勇, Bravery)입니다. CFO는 CEO을 도와 회사의 가치를 향상시켜야 하지만, CEO가 바른 의사결정을 할 수 있도록 조언자의 역할을 충실히 수행해야 합니다."

뚱이 김 부장의 말을 들으며 살짝 미소를 지었다. 그 덕에 김 부장은 처음보다는 편안해진 말투로 설명을 끝맺을 수 있었다.
사실 뚱은 재무본부가 미웠다. 물론 김 부장을 초반부터 너무 몰아세운 것은 미안했지만, 회사를 이 꼴로 만든 것이 재무본부라는 생각이 들었기 때문이었다. 그런데 갑자기 어제의 숙취가 올라오는 것이 느껴졌다. 더 이상 보고를 듣는 것은 무리인 듯싶어 김 부장에게 그만 나가보라고 이야기했다. 조금 쉬고 나서 지금 들은 이야기들을 차분히 정리해보고 싶었다. 그런데 김 부장은 뭔가 할 말이 있는 듯 쭈뼛쭈뼛 서 있었다.

“왜? 또 뭐가 있어?”

김 부장은 고민이 됐다. 현재 회사는 회계법인의 외부감사를 받고 있고, 이번 감사결과에 따라 회사가 상장폐지가 될 수도 있는 상황이었다. 그런데 오늘 대박그룹 담당 회계법인 파트너와 저녁 자리가 있었다. 회사의 사활이 걸린 자리나 마찬가지였다. 이런 자리엔 반드시 CFO가 함께해야 했다. 그러나 이제 갓 부임한 CFO, 더군다나 재무에 대해서는 아무것도 모르는 CFO와 같이 그 자리에 가는 것이 맞을까 하는 생각이 김 부장을 괴롭히고 있었다. 김 부장은 고민하다가, 아무리 바보 같은 CFO라 할지라도 같이 가는 것이 옳다는 생각이 들었다. 게다가 나중에 자신에게 비밀로 했다는 사실을 뚱이 알고 나면, 뚱의 성격을 볼 때 불호령이 터져 나올 게 뻔했다.

“실은 오늘 우리 그룹을 감사하고 있는 회계법인 본부장과 저녁 약속이 있습니다. 회계법인 감사의견에 따라 회사가 상장폐지가 될 수도 있어 접대가 필요한 자리인데, 부사장님도 같이 가시는 게 좋을 듯싶습니다.”

‘접대?’

그런데 김 부장이 간과한 것이 있었다. 뚱이 누구보다 잔뼈가 굵은 영업맨이라는 사실이었다. 뚱은 영업에 이골이 난 사람이라서 접대라면 누구보다 자신이 있었다. 모든 일이 사람이 하는 일이었기에, '밥으로 안 되는 일이 없다'고 뚱은 항상 생각했었다. 김 부장의 말을 듣자마자 순식간에 얼굴이 환해진 뚱은 만면에 웃음꽃을 피우며 신나는 듯 말했다.

"그런 중요한 자리라면 내가 꼭 가야지. 내가 그 회계사들을 다 녹여버릴 거야. 하하하……."

Chapter

2

외부감사
기사회생을 꿈꾸다

- 그들만의 사정
- 뒤바뀐 갑과 을
- 첫 만남
- 모든 것이 실패로 돌아가다
- 왕 회장의 후회

부정은 진실로 누구에게 이익이 되지 못하며,

정의는 진실로 누구에게 해되는 일이 없다.

•

H. 조지

그들만의 사정

"본부장님. 우리 이러다 별 다는 건 아닌지 모르겠네요. 본부장님이야 좋은 시절 벌어 놓으신 돈이라도 있으시지만, 전 회계사 겨우 5년 해먹다가 이 꼴 났습니다. 작년에 산 아파트 대출금은 어떻게 갚아야 할지……."

서명수 회계사는 김성호 본부장에게 한숨을 쉬면서 이야기했다. 며칠 전, 서명수 회계사는 대박그룹 부실사태와 관련하여 금감원 회계감리국으로부터 강도 높은 조사를 받았다. 정기 감리 때 몇 번 조사를 받아본 적이 있었지만, 이번엔 감리의 강도가 달랐다. 몇몇 언론에서도 인터뷰 요청이 들어왔는데, 이 모든 사항이 처음 겪는 일이다 보니 정신적 스트레스가 이만저만이 아니었다.

김성호 본부장은 스텝 회계사의 앵앵거림을 애써 듣지 않으려는 듯 눈을 지그시 감았다. 회계사……. 분명 한 때 좋은 시절이 있었다. 피감회사에 나가면 회사대표가 엘리베이터 앞에서 가방을 들어 주었고, 어떤 곳에선 "환영! 김성호 회계사님 방문을 환영합니다." 이런 현수막도 본 적이 있었다. 아주 먼 과거의 향수가 아니라, 불과 십 년 전 일들이었다. 그때는 회계사에 대한 자부심이 높았는데, 지금은 본인이 회계사를 왜 선택했는지 회의가 많이 느껴졌다.

회계법인 사정도 갈수록 나빠지고 있었다. IFRS(국제회계기준)이 도입되어 감사 투입 시간은 2배로 늘었는데, 감사보수는 동결하거나 오히려 갈수록 줄어들고 있는 상황이기 때문이었다. 이 마저도 덤핑을 해서 더 낮은 가격을 제시하는 회계법인들로 인해 기존 외부감사인이 변경되고 있으니, 외부감사 시장에서 회계법인 간의 동업자정신이 사라진 현실이 김 본부장은 한심할 따름이었다. 물론 김 본부장도 신규 거래처를 뚫으려고 감사보수를 싸게 하는 상황이라 남 탓할 처지는 아니었다. 이러다 보니 거래처를 잃지 않으려고 회계법인 또는 회계사는 피감회사에 휘둘리게 되고, 회사 눈치를 보다 보니 회계감사도 부실하게 되는 경우가 많았다. 김 본부장은 이렇게 가다가는 회계감사 무용론이 시장에 퍼지지 않을까 걱정이 됐다. 김 본부장은 과거 회계사가 좋았던 시절 돈을 많이 벌어놓아 금전적 고민은 크지 않았지만, 서명수 회계사처럼 새파랗게 젊은 회계사들 같은 경우에는 앞날이 불투명했다.

김성호 본부장은 지금이 본인의 회계사 생활 최대 위기라고 생각하고 있었다. 사실 회계감사 구조상 감사가 부실했다고 해도 본부장은 처벌을 받지 않는다. 대부분은 어린 매니저랑 높게는 담당 계약 파트너(Engagement Partner)가 징계를 먹게 된다. 그래서 본부장은 상무나 파트너에게 염가로라도 피감 법인을 늘리려고 압력을 가할 수가 있었다. 하지만 어린 매니저들은 부실감사를 하게 되면, 회계사 자격증 날아가고 투자자들에게 여기저기 불려 다니며 거액의 집단소송까지 당할 수 있었다. 심지어 요즘은 부실감사로 교도소까지 가는 지경이었다. 지금처럼 상장사인 경우 감사의견이 '의견거절 등' 부정적으로 나올 것 같으면 투자자 카페 게시판에 담당 매니저 회계사 집주소와 전화번호가 공개되어, 투자자들이 전화로 회계사들을 협박하는 경우도 있었고 심지어는 집에까지 찾아와서 행패를 부리기도 했다.

"우리가 대박그룹에게 돈 받은 것도 없는데, 별일 있겠어? 너 따로 돈 받은 적 없지? 우리는 정해진 예산 하에 전문가의 눈으로 회사 제시자료를 검토한 것뿐이야. 정당한 자료를 제시할 의무와 재무제표 작성 책임은 회사에게 있다는 것 정도는 회계사시험 준비할 때 귀가 닳도록 들었잖아. 조서나 잘 닦아 놓으라구."

서명수 회계사는 본부장의 말에 울컥한 감정이 치고 올라왔다. 작년 감사시즌 때부터 이 회사가 계속 살아남을 수 있을까 싶은 생각이 많이 들었지만, 정해진 시간과 회사와의 관계 등을 고려하다 보니 충분한 자료 요청과 검토가 이루어지지 못했다. 어떤 경우에는 외부감사인이 현장에 나갔을 때는 일부러 철수하는 날까지 최대한 자료를 늦게 주고, 현장에서 철수한 다음 날부터 감사보고서를 달라고 강요하는 회사들도 있었다. 이런 현상은 다매회계법인만의 일은 아니라 회계감사시장의 전반적인 현상이기도 했다.

[기사] 저축은행 분식회계 눈감은 공인회계사 실형

(서울경제 김경미 기자, 2013. 5. 13)

저축은행의 분식회계를 방관한 공인회계사들이 징역형을 선고받았다.

서울중앙지법 형사21부(이범균 부장판사)는 부산상호저축은행의 외부 감사를 소홀히 한 혐의로 기소된 D회계법인 공인회계사 소모(48)씨와 김모(42)씨에게 징역 2년에 집행유예 3년을 선고했다고 13일 밝혔다. 부산2저축은행의 외부 감사를 담당한 S회계법인의 김모(40)씨와 이모(31)씨에게도 징역 1년에 집행유예 2년을 내렸다.

재판부는 "피고인들이 부산저축은행의 분식회계 사실을 알고 있었거나 적어도 미필적으로는 인지했으면서도 '적정 의견'을 기재해 부실이 지속될 수 있는 여건을 조성했다."며

"고도의 전문성과 주의 의무가 필요한 공인회계사로서 직분을 성실히 수행하지 않아 엄중한 처벌이 불가피하다."고 판시했다.

앞서 검찰은 2008~2010년 부산저축은행에 대한 외부 감사 과정에서 부실을 묵인하고 감사보고서에 '적정' 의견을 기재한 혐의로 지난해 김씨 등 4명을 구속 기소했다.

서명수 회계사가 회계사 공부를 시작한 것은 친구 따라 우연히 회계학 관련 학원에 가면서부터였다. 회계사는 일 년 중 시즌인 석 달만 빡세게 일하면 나머지 9개월은 편하게 보낼 수 있다는 학원 강사의 말에 현혹되어 시험공부를 시작했던 것이다. 서명수 회계사는 3년간 숨 쉬는 것 빼고는 공부만 할 정도로 죽기 살기로 공부하여 겨우 시험에 합격했었다. 3년 정도 수험기간은 그 시절 평균이지만, 많게는 5년 이상 공부한 선배들도 있었을 정도로 상경계열에서는 인기가 높았던 시험이었다.

그런데 막상 회사에 들어가 보니 회계사 업무강도는 가히 살인적이었다. 그때나 지금이나 시즌(우리나라의 경우 대부분의 회사 결산월이 12월이다. 그에 따라 매년 1월부터 3월까지 회사의 외부 회계감사 대부분이 이루어지기 때문에 이때 회계법인들의 업무가 폭증하게 된다.) 때에는 거의 매일 야근에 주말 근무는 필수였다. 물론 과거에는 시즌이 끝나면, 학원 강사의 말대로 휴가도 가고, 출근을 하더라도 당구장에서 자장면 시켜 먹고 놀았던 시절이 있었을 정도로 시간적인 여유도 많았던 적이 있었다.
그런데 요즘은 시즌이 끝나면 용역이다 뭐다 해서 바로 또 다른 업무가 주어진다. 감사수수료가 저가이다 보니 용역을 하지 않고서는 회계법인 운영이 되지 않기 때문이다. 이런 상황이다 보니 과로로 쓰러지는 회계사들이 속출하고 있고 극단적인 경우에는 스트레스로 자살하는 회계사까지 나오고 있다.

회계사 공급도 문제였다. 회계사가 매년 천 명씩 배출되다 보니 시장에서 경쟁이 더욱 치열해졌다. 배출되는 회계사는 많은데, 회계사 시장이 안 좋다 보니, 최근에는 시험에 합격해도 수습을 받지 못하는 회계사가 있을 정도였다. 최근에는 신입회계사를 바쁜 시즌 때에만 계약직으로 채용하는 사례까지 있었다. 이런 현실이 반영되어서인지, 서울대 출신 회계사 합격자 수가 급감하고 있고 시험 합격 후에도 다시 공부하여 금융공기업에 들어가는 회계사가 늘어나는 추세이다. 요즘 '사'자가 다 그렇지만, '사'자 몰락의 스타트를 끊은 것은 회계사가 아닐까 싶은 현실이었다.

"그나저나, 오늘 대박그룹 CFO는 왜 보시는 건가요? 지금 그쪽 사람들 만나서 좋을 것은 없을 듯싶은데요. 분명히 말씀드리지만, 이제 더 이상 봐줄 수 없습니다. 전 이번에는 '의견거절'을 낼 겁니다. 지금도 이미 많이 늦었습니다. 더 양보할 수 없는 상황이라는 것은 본부장님이 더 잘 아시잖아요."

서명수 회계사는 대박건설 기말감사 결과를 담당 파트너인 이기술 상무와 김성호 본부장에게 전달했다.

[거사] S대 출신 회계사 10년 새 1/3로 급감……. 왜?

(머니투데이 최우영 기자, 2013. 7. 20)

지난해 한 '메이저' 회계법인에 입사한 A씨(29)는 행정고시 응시를 고민 중이다. 3년여 공부해 공인회계사가 됐는데 대기업보다 못한 초봉 3,800만 원을 받고 나니 속이 쓰렸다. 입사 4년차 선배 월급도 세전 350만 원 가량이다. 올해 성과금이 200만 원도 안 된다는 소문도 돌았다. 선배들은 "업무량이 2배 늘어도 성과급은 깎인다."고 씁쓸해했다.

(중략)

CPA(공인회계사) 위세가 예전 같지 않다. '1등 신랑감'은커녕 부실법인 감사를 맡았다가 같이 해고될지 모른다는 불안감이 팽배하다. 부실법인 감사로 배정되면 퇴사까지 고려할 정도다. 감사적정의견을 제출한 뒤 부도나면 회계사까지 도매금으로 제재를 받기 때문이다. 2000년대 초반 경력직 공무원으로 옮기면 5급대우(과장급)였지만 이젠 7급(주사급)에 불과하다. 이른바 '사'자의 굴욕이라는 지적이다.

한 회계사는 '서울대 지수'(SNU index)라는 말을 꺼냈다. 서울대 졸업생 업계입문 현황을 보면 호 · 불황 여부를 알 수 있다는 뜻. 2003년 148명이었던 서울대 출신 공인회계사는 지난해 58명에 불과했다. 매년 선발하는 1,000여명의 회계사 중 2006년 이후 서울대 출신 회계사는 두 자리 숫자에 머물러 있다.

(중략)

법인 내에서도 본연업무 '감사'보다 돈 되는 '세무' 몰려

최근 부서 재조정을 한 S회계법인에서는 감사부서에서 세무부서로 옮기려는 회계사들이 급증했다. 경쟁률이 5대1을 넘었다는 후문이다. 부서이동에 실패한 한 회계사는 "감사가 회계사 '메인' 이지만 잘해봐야 본전이고 부실감사 한 번 나면 쪽박 찬다."면서 "세무조정은 내가 법리해석 잘해서 기업이 낸 세금 소급 받으면 성과급도 잘 나오고 리스크도 없는 '못해도 본전'"이라며 아쉬움을 드러냈다. 세무부서 인기 상승은 감사영역의 수익 정체 때문이다. 잇따른 부도기업, 상장폐지사에 대한 부실감사 타격을 회계법인이 고스란히 떠안으면서 4대 회계법인(삼일, 삼정, 안진, 한영) 모두 감사영역 수익이 정체됐다. (중략) 4대 법인 모두 4년 전부터 성과급이 하향곡선이다. 이 중 한 회계법인은 올해 성과급이 200만 원도 안 나올 수 있다는 소문에 사내 분위기가 흉흉하다.

이기술 상무와 김성호 본부장은 자료를 보고는 기분이 착잡해지는 것을 느꼈다. 현재까지 집계된 수정분개(외부 감사인이 회사 재무제표를 수정하기 위해 항목별로 작성한 분개) 금액만 1조 원 가까이 되었다. 해외건설 진행률 조작 4천억, 내부거래 누락 2천억, 영업권 과대 계상 3천억, 감가상각 조정 1천억 등 과거 회계감사에서도 의심이 갔던 항목들이었다. 다만 그때마다 회사와의 관계를 고려해 집중적으로 감사하지 못했던 것이 후회스러웠다. 사실 알고 있었지만, 회사가 다시 상황이 좋아져 이런 부실을 나중에 천천히 털기를 바랐다고 보는 것이 더 솔직한 심정일 것이다. 과거 경기가 사이클을 타다 보니 한 때는 안 좋다가도 다시 좋아지는 경우도 많이 있었기 때문이었다.

"진행률 조작과 내부거래는 대박그룹에서 우리를 속인 거니 회사에서 준 자료와 당시 조서를 잘 관리하도록 해. 영업권과 감가상각 이건 회계사 판단의 문제니까 심리실 협조를 받아 판단근거와 해외사례를 잘 준비하면 될 것 같아. 그나저나 진행률 조작 이 부분은 잘못 대응했다간 우리가 진짜 감옥 가는 수도 있겠어."

김성호 본부장은 감사 중간보고서 제일 위에 적혀 있는 '진행률 조작'과 '내부거래 누락' 항목에 여러 번 빨간 사인펜으로 동그라미를 그리면서, 서명수 회계사에게 당부했다. 이젠 더 이상 회피할 수 있는 상황이 아니었다.

뒤바뀐 갑과 을

뚱은 저녁장소로 가는 차안에서 김 부장에게 그동안 회계감사와 관련된 이슈들에 관해 보고 받았다.

"지금 회계사들이 우리 보고 분식했다고 난리입니다. 회계사들 이야기를 그대로 인정하면, 감사의견은 '부적정' 내지는 '의견거절'을 줄 겁니다. 그러면 주가가 곤두박질치다가 거래정지 될 것이고, 대박건설과 대박홀딩스는 아마 상장폐지 되겠지요."

"뭐야? 그게 말이 돼?!"

뚱은 이야기를 듣자마자 화를 버럭 냈다. 무슨 이야기인지 잘 모르겠지만, 회계사들이 우리 목숨 줄을 쥐고 있다는 것만은 분명해 보였다. CFO 경험이 처음이라 어떻게 처리해야 할지 아이디어가 쉽게 떠오르지 않았다. 다만, 오랜 영업맨의 경험을 통해 생각해볼 때, 정상적인 방법으로는 문제 해결이 힘든 케이스임은 확실했다. 그럴 경우에는 다른 방법으로 접근을 해야 했다. 뚱은 속사포처럼 말을 쏟아냈다.

"넌 지금 그걸 보고라고 하는 거야? 지금 접대 장소 가는 거잖아? 그럼 오늘 누가 나오고, 무슨 이야기를 해야 하는지 정리해서 나한테 미리 줘야 하는 것 아냐? 오늘 만나는 자리가 엄청나게 중요하다며……. 그럼 오늘 만나는 사람은 어떤 사람이고, 어떤 이야기를 해서 서로 관심사를 맞춰갈 수 있는지 간단한 약력과 프로필 그리고 이야기할 거리를 만들어줘야지! 이 친구 참 일할 줄 모르네. 그 친구들 학교는 어디 나왔어? 그리고 나이는? 재무 한다는 새끼들은 윗사람 보필할 줄을 모른다니까."

사실 재무 분야의 사람들과 영업 분야의 사람들은 기본 성향과 업무스타일이 다를 수밖에 없었다. 김 부장의 개인 특성도 있겠지만, 사무실에서 키보드만 치는 재무 분야 사람들의 업무처리 스타일은 현장에서 고객을 주로 상대하면서 일을 배운 뚱의 스타일과 차이가 많았던 것이다. 물론 아무리 성질 급한 뚱이라도 보통 때 같으면 여유를 가지면서 두 스타일의 접점을 찾아갔을 것이다. 하지만 지금은 위기상황이고 시간도 없어 긴장감을 높이기 위해 일부러 거친 말을 할 필요가 있었다. 망가진 조직을 빨리 추스르기 위해서였다.

"본부장과 담당 매니저회계사는 Y대 나왔고, 담당 파트너는 S대 나왔습니다. 나이는 본부장이 45세이고, 담당 파트너는 42세, 매니저 회계사는 38세입니다."

김 부장은 앞으로 저녁도 편히 못 먹겠구나 하는 생각이 들었다. 접대라는 게 흥이 나야 하는 건데, 가기도 전에 이렇게 산통 다 깨버리니 짜증이 몰려왔다. 그런 김 부장의 맘을 아는지 모르는지 뚱은 그제야 좀 이야기가 통한다는 듯 웃으며 말을 꺼냈다.

"왜 이렇게 다들 젊어? 본부장이라는 애가 나랑 띠동갑이구먼. 허허……. 내가 새파랗게 젊은 친구들에게 접대를 해야 한다고? 그래도 본부장과 담당매니저가 학교 후배니 좀 이야기는 잘 풀릴 수 있겠구먼."

뚱은 대학 시절을 돌이켜봤다. 학교 시절 친구들이 다들 회계사 시험 준비를 한다고 해서 뚱도 잠깐 시작한 적이 있었다. 그런데 숫자 맞추는 일이 뚱과는 영 맞지 않아 3개월 정도 하다가 포기했다. 사실 그건 핑계이고, 70년대 후반 80년대 초반에는 회계사 시험이 일 년에 겨우 수십 명 합격할 정도로 경쟁이 치열했고, 시험 난이도도 매우 높았던 어려운 시험이었다. 물론 합격만 하면, 사회적으로 높은 평판과 부를 축적할 수 있었다. 지금도 과거에 회계사를 했던 대학 동기들을 보면 수십 억에서 수백 억대의 재산을 모은 경우도 가끔 있었다. 당시 한국이 경제 고도 성장기였기도 했지만, 어쨌거나 평범한 샐러리맨으로는 상상하기 힘든 큰 부였다.

그런데 최근에는 시대가 바뀌었는지 가끔 회사 외부감사나 용역 관련해서 부탁을 하러 뚱에게 오는 회계사 친구들이 많아졌다. 그럴 때마다 뚱은 과거에 얻어먹었던 술 생각에 가능한 편의를 봐주고 있지만, 한편으로 변화된 시대상을 느끼곤 했다.
뚱이 사원 · 대리 시절에 박봉으로 힘들게 살 때 회계사 친구들은 법인카드로 대학 동기들 술을 많이 사줬었다. 술을 얻어 마시면서도, 왠지 박봉을 받던 뚱 자신과 회계사 친구들의 처지가 비교되어 언제부터인가 그 친구들과는 일정 수준 거리를 두었던 기억이 떠오르기도 했다.

“보통은 회계법인이 을(乙)입니다. 요즘은 회계감사시장도 경쟁이 치열합니다. 회계법인이 감사나 용역을 수임하려고 우리에게 접대할 정도로 시대가 바뀌었습니다. 대박그룹이 잘 나갈 때는 회계법인에서 술도 사주고 골프도 같이 치자고 우리에게 먼저 연락을 하곤 했었습니다. 그런데 현재 대박그룹은 사정상 철저히 ‘을(乙)’입니다. 특히 이번 감사결과가 중요한데, 만약 회계법인에서 감사의견을 ‘적정’이 아닌 다른 걸로 주면 우린 끝장이어서 회계법인의 눈치를 볼 수밖에 없습니다. 하지만 회계법인도 이번 감사의견에 자기네 목이 달려 있는 일이라 우리가 원하는 방향으로 쉽게 넘어가 주지는 않을 듯싶습니다. 우리들 눈치만 보는 게 아니라, 금감원 등 감독기관의 눈치도 봐야 하는 상황이 되었습니다.”

“이 새끼, 또 말 어렵게 한다. ‘감사의견’, ‘적정’ 이런 니들만 아는 단어 쓰지 말라고 했지? 너 나한테 전문성 자랑하는 거야? 내가 그런 말하면 이해할 수 있을 것 같아? 아직도 혼이 덜 났구먼. 니들만 아는 용어 쓰지 말고, 내가 아는 용어로 말하라구!”

뚱은 재무가 정말 싫었다. 말만 한국말이지 도대체가 한번 들어서는 이해가 되지 않았다. 아마도 '감사의견'이라는 것은 회사 상태가 어떤 상황인지를 알려주는 단어라는 정도로 어렴풋이 이해됐다. 하지만 어려운 말 쓰지 말고 단순하게 회사 상태가 '좋다', '안 좋다' 이러면 처음 재무를 접한 사람도 직관적으로 이해할 수 있을 텐데, 누구를 위해 그렇게 어려운 말들을 하는지 답답했다. 한편, 김 부장도 뚱이 점점 싫어지고 있었다.

"죄, 죄송합니다. 또 실수를 했네요. 워낙 이쪽에서는 일반적으로 쓰는 단어라서……. 다시 말씀드리겠습니다. 보통 회계법인들이 일 년에 4번 우리 회사에 나옵니다. 분기 때는 회계사들 용어로 '검토'라고 하고, 기말 때 '감사'라고 합니다. 의견이라는 건 일 년에 한 번 하는 감사 때 주어지는데, 이때 '적정', '한정', '부적정', '의견거절' 이렇게 4가지 중 하나를 표명합니다. 회계법인으로부터 '적정'을 제외한 나머지 감사의견을 받을 경우 시장에서는 회사가 재무적으로 문제가 있다고 인식되어 주가는 폭락하고, 감독당국에서는 그 회사 주식을 관리종목으로 지정하거나 상장폐지를 하게 됩니다."

"그럼 어떤 경우에 '한정', '의견거절' 이런 감사의견을 받는 거야?"

"회계법인들이 감사할 때 판단기준이 있는데, 과거에는 '기업회계기준'이라는 것이 있었습니다. 그런데 우리나라가 최근 회계투명성을 올릴 목적으로 유럽에서 사용하는 국제회계기준(IFRS: International Financial Reporting Standards)이라는 걸 2011년부터 도입했습니다. 회계법인들은 회사가 국제회계기준에 명시된 방법에 따라 회계처리를 했는지 감사하게 되고, 대부분이 이 기준에 맞게 처리가 되었다면 '적정' 의견을 제시합니다. 그런데 회사들이 고의든 실수든 기준에 위배되게 회계처리를 하는 경우가 있는데, 회계법인들은 그 정도가 재무제표에 미치는 영향이 중요할 경우 '한정', 심각할 경우 '부적정'을 주게 됩니다. '의견거절'은 의견 중 가장 부정적인 것인데, 회사에서 자료를 제시하지 않아 감사를 수행하지 못했거나 부도날 가능성이 높아 보이는 회사에게 주어지는 것입니다. 다매회계법인은 이번 감사에서 저희가 작성한 재무제표를 인정하지 않고 수정할 것을 요구하고 있는데, 인정할 경우 완전자본잠식이 되어 회사가 부도날 가능성이 높아지게 됩니다. 이렇게 부도날 가능성이 높은 경우에 통상적으로 회계법인은 '의견거절'을 합니다. 우리는 어떤 일이 있어도 그것만은 막으려고 하고 있고, 지난주에 외부감사 대비를 잘 하라는 회장님의 특별지시도 있었습니다."

■ **회사 상황에 따른 감사의견 종류**

○ 회사의 재무제표와 경영성과를 정확하게 반영하고 있는지를 공인회계사가 객관적으로 감사한 의견을 표시하는 것

– 「주식회사의 외부감사에 관한 법률」의 대상이 되는 주식회사는 사업보고서에 반드시 공인회계사의 감사보고서를 첨부하고 감사의견을 표명하도록 하고 있음

– 상장사의 경우 '부적정의견' 또는 '의견거절'을 받을 경우 상장폐지됨

① **적정의견** : 재무제표의 모든 항목이 적절히 작성되어 회계기준에 일치하고 불확실한 사실이 없을 때 표시하는 의견

② **한정의견** : 회계처리방법과 재무제표 표시방법 중 일부가 기업회계에 위배되거나 재무제표의 항목에서 합리적인 증거를 모두 얻지는 못하고 있어 관련되는 사항이 재무제표에 영향을 줄 수 있다고 인정되는 경우는 이런 영향을 제외하거나 없다는 것을 조건으로 내세워 기업의 재무제표가 회계기준에 따라 적정하게 표시하고 있다는 의견

③ **부적정의견** : 재무제표가 전체적으로 합리적으로 기재되지 못하고 왜곡 표시됨으로써 무의미하다고 인정되는 경우를 표시하는 의견

④ **의견거절** : 감사의견을 형성하는 데 필요한 합리적 증거물을 얻지 못하여 재무제표 전체에 대한 의견표명이 불가능한 경우 또는 기업존립에 관계될 정도의 객관적 사항이 특히 중대한 경우나 감사의 독립성이 결여되어 있는 경우 표시하는 의견

김 부장은 한숨을 쉬면서 이야기했다. 회계법인에서 저녁을 안 먹는다고 하는 것을 옛정을 생각해서 한 번만 보자고 사정사정해서 약속을 잡은 것이었는데, 재무에 초짜인 이런 사람과 같이 나가는 것이 맞는 건지 의문이 들었기 때문이었다. 김 부장은 회계법인의 입장도 충분히 이해하고 있었다. 적어도 회사에서 거짓말은 하지 말았어야 했는데, 모로코 해외 건설사업 진행률을 속였던 것이 결국 들통나버린 것이다. 아직 뚱은 이런 내용을 제대로 모르고 있는데, 무작정 나가서 저녁 먹는다고 될 일인가 싶은 생각이 들었다.

"그렇구만. 맞아 회장님이 그런 비슷한 말씀을 하셨지. 그럼 무슨 일이 있더라도 '의견거절'은 막아야겠구먼. 알았어. 내가 한 번 잘 막아보지."

뚱은 비장한 표정을 지으며 말했다.
'무슨 수로 막는단 말입니까?'
김 부장은 목구멍까지 튀어나온 말을 꿀꺽 삼키고는 뒤따라 나오는 한숨도 삼켜버렸다. 이미 일은 벌어졌으니 어쩌면 이제는 모든 것을 하늘의 뜻에 맡겨야 하는지도 몰랐다. 그 하늘의 뜻이 뚱이었기를 바랄 수밖에…….

30년 영업생활을 하면서 체득한 철학이 있었다. '모든 일은 사람이 하는 것이고, 밥으로 해결 안 되는 것은 없다.' 밥을 먹다 보면 정(情)이 쌓여 식구가 되는 것이고 그러다 보면 안 되는 일도 되는 경우가 많았다. 식구(食口)라는 것도, 결국 밥을 같이 먹는 사람들이었다.

첫 만남

뚱 일행이 약속장소에 먼저 도착했다. 뚱은 보통 을(乙)에게 접대를 받을 경우 일부러 10~20분 늦게 도착했다. 회장 보고 건이 있다거나 회사에 중요한 의사결정 관련 회의가 있어 늦었다고 이야기를 하지만, 실은 본인이 회사에서 중요한 사람이고 바쁜데 귀한 시간을 내준 것임을 상대방에게 인식시켜주기 위해서였다. 보통 접대 자리에서는 접대 상대방에게 영향력 있는 사람이라고 인상을 줘야 접대하는 사람도 접대한 보람을 느끼고, 또 본인도 무시당하지 않는 법이었다.

하지만 갑(甲)을 상대할 경우에는 다르다. 갑에게는 변명이 필요 없다. 일단 이 사람들은 기분이 나쁘면 논리고 뭐고 다 필요 없다. 갑의 말이 곧 진리이고 논리이다. 그래서 지금껏 갑을 상대할 경우엔 그들을 즐겁게 해주기 위해 간, 쓸개 다 빼놓고 접대했었다. 또 하나 접대 자리에서 중요한 건 상대방에게 내가 신실한 사람이라는 것을 인식시켜주는 것이었다. 신뢰가 가지 않는 사람과는 이야기하고 싶어하지 않는 건 인지상정이기 때문이었다. 내가 신실한 사람이라는 것을 인식시켜주는 방법은 다양하겠지만, 가장 좋은 것은 약속시간을 어기지 않는 것이었다. 약속시간에 늦는 것만큼 비즈니스에서 큰 실례가 없기 때문이었다.

도착 후 5분 정도 지나니 회계사들이 들어왔다. 세 명 모두 젊고 차가운 이미지가 강했다. 뚱은 본인이 이런 젊은 사람들에게 접대를 해야 한다고 생각하니 기분이 상했다. 하지만 왕 회장의 특별지시도 있고 회사의 존망이 달려 있는 문제라 최선을 다해야겠다고 다시 한 번 마음을 다잡았다.

"만나서 반갑습니다. 대박홀딩스 CFO 부사장으로 새로 부임한 장해성입니다. 오늘 이렇게 귀하고 훌륭한 분들을 모시게 되어 영광입니다. 우리 회사 감사하시느라 고생이 많으시죠? 잘 부탁드리겠습니다."

"처음 뵙겠습니다. 다매회계법인 본부장 김성호입니다. 이쪽은 담당파트너인 이기술 상무와 서명수 매니저입니다. 먼저 저희가 인사드리러 갔어야 하는데, 인사가 늦어서 죄송합니다."

"다들 젊으시네요. 전 이제 퇴물이 다 돼가는데. 젊음이 부럽습니다. 김 부장에게 들으니 본부장님은 저랑 같은 대학 경영학과를 나오셨던데……. 전 77학번입니다. 제가 동문회 총무를 맡고 있는데, 자주 못 뵀던 것 같네요."

한국사회에서 학연처럼 강력한 네트워크는 없었다. 특히 한국의 두 사립대학 네트워크는 상상 이상으로 강했다. 재계 쪽에는 두 동문 출신들이 많이 진출해 있어 영업하기가 상대적으로 수월했다. 첫 만남에서 학연을 이야기하는 것은 상대방의 기선을 제압하기 위해서였다. 1~2년 선배도 아닌 10년 넘는 대선배에게 함부로 했다가는 '싸가지' 없는 사람으로 찍혀 한국사회에서 매장될 수가 있기 때문에 통상적으로 학교 선배에게는 예의를 차리는 경우가 많았기 때문이었다. 뚱은 이처럼 영업할 때 학연, 지연 등 조그마한 끈이라도 있으면 그걸 최대한 활용하려고 노력했었다. 지금 이 순간도 바로 그런 경험이 빛을 발하는 순간이었다.

"선배님이셨네요. 몰라 봬서 죄송합니다. 앞으로 잘 부탁드리겠습니다."

김성호 본부장은 이 상황이 정말 안타까웠다. 정상적인 상황이었다면, CFO가 같은 학교 동문 출신이라는 게 영업에는 아주 좋은 기회였을 것이었다. 우리나라 10대그룹 지주사 CFO가 학교 선배면, 이 끈을 잡고 용이 승천하듯 훨훨 날 수도 있었던 것이다. 하지만, 지금 이 끈은 썩은 동아줄이었다. 이 끈을 잡았다가는 천길만길 낭떠러지로 굴러 떨어질 것이 자명했다. 김성호 본부장의 머릿속에선 빨리 이 자리를 마무리하고 대박그룹과는 일정거리를 두라고 지시를 내리고 있었다. 그러다 문득, 대박그룹을 처음 만났을 때가 생각나서 김성호 본부장을 쓴웃음을 지었다.

김성호 본부장에게 대박그룹의 첫 이미지는 좋았다. 사업 다각화를 진행하면서 계열회사를 늘렸고, 회사가 늘어날 때마다 계열회사 감사는 다매회계법인 몫이었다. 그런데, 그게 미끼였다. 전임 CFO인 제임스 정은 그걸 활용해 회계사들의 '전문가로서의 의구심'을 가렸던 것이다. 김 본부장은 대박그룹처럼 성장하고 있는 좋은 거래처를 놓치고 싶지 않아서 어지간한 분식은 눈감아줬다. 아니 눈감아줬다기보다는 '설마 이렇게 큰 회사가 망할까' 하는 대마불사(大馬不死)의 오래된 미신을 믿고 있었던 것이었다.

전임 CFO인 제임스 정은 컨설턴트 출신이다 보니 회계사들보다 논리적이고 말주변이 좋았다. 회계사 입장에서도 근거만 확실하면 굳이 회사와 부딪히고 싶지 않은데, 해외 사례며 논리적 근거까지 다 마련해주니 쉽게 넘어가줬던 것이다. 결국은 제임스 정에게 김 본부장이 사기당한 꼴이 되긴 했지만, 몇 년간 대박그룹으로 인해 김 본부장이 다매회계법인 내에서 위치가 많이 올라갔던 것도 사실이었다. 회계법인시장이 계속 위축되고 있는 시기에 대박그룹 계열사 감사를 연속으로 수주한 덕분에 김 본부장 혼자 승승장구했던 것이다.

김 본부장은 옛 생각을 떨쳐버리고 신임 CFO라는 사람을 보았다. 자연스레 선임 CFO인 제임스 정과 신임 CFO인 뚱은 비교가 되었다. 외모부터 확연한 차이가 났는데, 제임스 정은 탄탄한 몸매에 온몸을 명품으로 휘감는 것이 특기였다. 정장은 키톤, 브리오니 등을 즐겨 입었고, 시계도 수억 원이 넘는 파텍 필립을 찰 정도로 외모에 관심이 많았던 사람이었다. 그런데 뚱은 배가 올

챙이처럼 나왔고, 옷도 옆집 아저씨처럼 편안한 복장이었다. 재무도 잘 모르는 것 같아 대화가 잘 될지도 의문이 들었고, 막무가내로 나오면 힘들어질 것 같기만 했다. 이젠 출구전략이 필요한 시점이라고 김 본부장은 생각했다. 정신 똑바로 차리고, 선을 확실히 그어야 했던 것이다.

처음의 차갑고 어색한 분위기는 술로 금방 해결되었다. 폭탄주가 세 순배 정도 돌고 안주로 배를 적당히 채웠더니 모두들 취기가 오른 듯싶었다. 딱딱하고 차가웠던 말과 혀, 그리고 뇌까지도 부드러워지고 있었다. 이제 뚱이 미션을 수행할 때가 왔다. 일단은 돌직구를 날려야 했다. 어려운 질문은 에둘러 말하는 것보다 단도직입적으로 하는 것이 목적을 달성하는 데는 수월한 법이었다.

모든 것이 실패로 돌아가다

"김 부장에게 현재 회계감사 이슈에 대해 들었습니다. 이번 감사 의견은 과거와는 좀 다를 거라는데, 무슨 문제라도 있나요? 지난번 감사 때와 상황이 달라진 게 없는데, 갑자기 이것저것 문제를 삼는다고 하니 이해가 가질 않네요."

뚱은 짐짓 모르는 체하면서 회계사들에게 질문을 던졌다.

"부사장님. 이제 업무를 맡으셔서 잘 모르시겠지만, 지난번 감사 때 저희에게 제출했던 자료에 문제가 많았습니다. 그때 미처 발견하지 못했던 것들이 이번에 확인되었거든요. 그런데 그 규모가 너무 커서 저희로서도 어쩔 도리가 없습니다. 또 지금 언론에서 회사의 유동성 위기가 떠돌고 있는 마당에 저희만 좋다고 해서 해결될 문제도 아닙니다. 일단 저희가 낸 수정사항들을 모두 반영해 주셔야 하고, 그리되면 회사 재무상황이 악화되어 회사에서 증자 등 별도의 조치를 취해주지 않는 이상 저희는 '의견거절'을 낼 수밖에 없습니다."

뚱은 왕 회장이 '의견거절'만은 피하라고 한 말이 번뜩 떠올랐다. 조금 당황스러운 것은 회계사들이 초반부터 세게 나오고 있다는 거였다. 하지만 어차피 뚱은 재무에 아는 것도 없으니, 초반부터 부드럽게 대화하기가 불가능했던 걸지도 모르는 일이라고 마음을 편히 먹기로 했다. 물론 그렇다고 그냥 넘어간다는 것은 아니었다. 비록 감사이슈로 전문적인 토론은 불가능하다 할지라도 문제의 본질은 알 필요가 있었다. 김 부장에게 설명은 이미 들었지만 김 부장은 주로 대박그룹 입장에서 방어적인 논리로 뚱에게 설명을 했다. 사태의 정확한 면을 보기 위해서는 다른 시각에서 현제의 문제점을 들여다보는 것도 좋을 듯싶었다. 그런데 나이도 어린 데다가 학교 후배인 회계사들이 다리를 꼬고는 네가 뭘 알겠냐는 듯한 태도로 술만 마시고 있는 꼴을 보자 뚱은 의도와는 달리 조금 언성이 높아지고 말았다.

"우리 김 부장 말로는 회계법인 쪽에서 너무 까다롭게 보는 것 같다고 그러던데 제대로 본 거 맞아? 회사가 어렵다고 소문나니까 너무 심하게 까는 거 아니요? 우리 그렇게 쉽게 안 죽어. 30년 동안 무에서 유를 만들어낸 대박그룹이야! 동반자 관계라는 게 뭐요? 이럴 때 서로 돕고 그래야 끈끈함이 더해지지. 안 그래? 당신들이 생각하는 문제가 도대체 뭐야?"

화를 잘 참지 못하는 뚱의 가장 큰 약점이 드러나는 순간이었다. 뚱이 영업담당 부사장이었던 시절, 추석 전날에 팀장들을 모아놓고 오전에 다과회를 한 적이 있었다. 이야기가 영업실적으로 흘러갔는데, 그때 한 팀장이 뚱의 심기를 건드리는 말을 했었다. 그 말을 듣다가 뚱은 자신도 모르게 목소리가 점점 올라갔다. 그리고는 급기야 화가 폭발하여, 명절 전날 다과회 분위기를 공포로 몰아넣었던 적도 있었다.
이런 기질에 예외가 있었는데, 30년 영업생활 덕택인지 다행히 뚱보다 강자일 경우에는 화가 제어되었다. 이미 뚱의 몸속에는 갑을문화의 DNA가 새겨져 있던 것이다. 뚱이 회계법인에 화를 내는 것도 자신의 잠재의식 속에 회계법인을 을(乙)로 보고 있다는 반증이었다. 그러나 그런 뚱과는 상관없이 회계사들은 여전히 차가운 말투로 이야기를 했다.

"가장 큰 이슈는 모로코 해외건설 프로젝트입니다. 지금 이 프로젝트가 거의 막바지입니다. 현재 회사 제시 공정율이 95%이어서, 그동안 묻어 두었던 부실을 더 이상 감출 수 없습니다. 지금까지 반영하지 못했던 체인지 오더(Change Order), 설계변경, 그와 관련된 손실은 이번엔 반영되어야 합니다. 이 부분은 우리가 아닌 다른 회계법인 또는 감독당국이 와도 금방 잡아낼 수 있습니다."

'아무것도 모르면서…….'
서명수 회계사는 밀려오는 짜증을 참아가며 또박또박하게 이야기했다. 뚱도 주눅 들지 않은 채로 계속 말을 이어나갔다.

"해외플랜트 진행률 관련해서 막판에 다 떠는 건 이 업계 관행이잖아. 이 사람 건설업 쪽 감사 처음 해보나? 우리만 그러는 게 아니라 다른 건설회사도 다 그렇게 해. 공사 완공쯤 되면 발주처 사람들이 그때서야 원래 계약과 다르지 않냐고 말하면서 최대한 AS 받으려고 억지를 부린다구. 그럼 그걸 마냥 뭉갤 수는 없고, 적정 수준에서 받아주다 보면 막판에 비용이 확 늘어나고 그러는 거 뻔한 거잖아? 그걸 무조건 잘못했다고 그러면 어떻게 해?"

뚱의 마지막 승부수였다. 전문가라는 사람들의 특징 중 하나가 본인의 전문성이 무시당하는 말을 들으면 발끈하는 경우가 있다는 것인데, 이 때 스스로 확신이 부족할 경우에는 종종 물러나는 경우도 있었다. 물론 그 반대의 경우가 더 많아 전문가 쪽에서 더 생떼를 쓰는 역효과도 있었지만, 뚱은 전자의 효과를 노리고 승부수를 띄운 것이었다.

그러나 화를 내서 회계사 감정을 흔들어 놓긴 했지만 이 건은 뚱이 봐도 좀 무리가 아닌가 싶었다. 1조 원짜리 공사인데, 4천억을 숨기고 있었다는 건 이 프로젝트가 총체적인 부실이었다는 말 이외에는 설명이 안 됐다. 뚱의 직감으로는 현장과 재무 책임자가 같이 조작하지 않는 이상 이런 일은 불가능했다. 건설현장에서 일정 수준 분식하는 거야 다반사이지만, 이런 대규모 부실은 감추기가 쉽지 않았다. 보통 건설사 마진은 좋아야 매출의 10%인데, 모로코 프로젝트처럼 차이가 나기 시작하면 현금 유동성을 맞추기 힘들기 때문이었다. 이건 본사 재무팀과 공모하지 않고서는 불가능했다. 제임스 정이 나쁜 사람이라는 것을 알고는 있었지만, 이 정도일 줄은 몰랐다.

"장 부사장님. 이게 저희가 눈감아 준다고 해서 될 일이 아닙니다. 지금도 이미 많이 늦었습니다. 이 건으로 아마 저희 회계법인도 존립이 흔들릴 겁니다. 또 제가 설사 눈감아준다고 해도 저희 법인 심리실에서 넘어가지 않을 거고요. 조만간 감사보고서가 나갈 텐데, 감사의견은 '계속기업가정' 의문으로 인한 '의견거절'을 제시할 예정입니다. 초면인데 선배님에게 이런 말씀을 드려 유감으로 생각합니다."

회계사는 뚱의 승부수를 냉정하게 받아쳐버렸다. 뚱은 대화를 더 이어가는 것이 무의미하다고 생각했다. 접대로 해결할 수 있는 단계를 이미 넘어선 것이다. 아마도 회계법인은 이 분식사항이 모두 회장 지시에 의해 이루어진 것이라고 생각하는 듯싶었다. 하지만 이 모든 사항은 왕 회장에게 보고되지 않았고, 당시 CFO인 제임스 정이 독단적으로 처리했던 사항들이었다. 무책임하게도 제임스 정은 미국으로 달아나고는 연락을 끊어버렸다. 뒷수습은 이제 온전히 뚱의 몫이 되었다. 대박그룹의 운명이 뚱의 손에 달려 있는 것이었다. 그런데 뚱은 손에 쥐고 있는 카드가 더 이상 없었다. 애초에 카드 패가 별로 없었기에 한 번에 모든 걸 쏟아 부었기 때문이었다.

"알았네. 이미 엎질러진 물 같으니 더 이상 말해도 소용이 없겠구만. 다만 조금이라도 우리에게 도움이 될 사항이 있다면 도와

주길 바라네. 우리 대박그룹은 이렇게 끝나지 않을 거니까 말이야. 분명 재기해서 일어날 걸세. 반드시!"

뚱은 비장한 각오로 선포했다. 그러나 회계사들은 그 순간에도 짜증난다는 듯 뚱의 말을 한 귀로 듣고 흘려버리고 있었다. 뚱은 모든 것을 잊으려는 듯 잔에 가득 담긴 소주를 단숨에 들이켰다.

왕 회장의 후회

왕 회장은 아침 일찍 뚱과 김 부장을 호출했다. 뒤돌아 앉은 채 창밖을 보고 있던 왕 회장이 노크 후에 문이 열리는 소리를 듣고 의자를 돌렸다. 왕 회장은 키는 작지만 단단해 보이는 골격과 얼굴을 지니고 있었다. 많은 풍파를 뚫고 온 강인한 사람이라는 것이 단박에 느껴졌다. 그런 왕 회장 앞에 서자, 어제의 자신만만해하던 뚱은 온데간데없고 조심스레 두 손을 모으고 고개를 떨군 뚱만이 남아 있었다. 어제 마신 술기운이 채 가시지 않아 얼굴이 불그스레했다. 왕 회장은 풍겨오는 술 냄새에 호통부터 치기 시작했다.

"뚱! 아니……. 장 부사장! 일을 수습하라고 보냈더니, 그 모양으로 만들면 어떻게 합니까? 지금 비상사태라는 걸 몰라요? 회계법인하고 협상을 해서 의견을 잘 받으라고 보낸 건데, 바뀐 게 없잖아요. 가서 술만 마시고 올 거면 그 자리에 왜 갔어? 그 월급 받고 부끄럽지 않아? 월급 값을 해야지!"

자기도 모르게 흥분했는지 김 부장이 옆에 있는데도 왕 회장은 결국 뚱에게 반말로 호통을 치고 말았다. 뚱은 마치 채찍을 들고 서 있는 서커스 조련사 앞의 곰처럼 쩔쩔매고 있었다. 물론 왕 회장도 일을 이 지경으로 만든 사람이 전임 CFO인 제임스 정이라는 사실을 잘 알고 있었다. 하지만 누군가에게 화를 내지 않으면 그 화가 왕 회장 스스로를 태워버릴 듯싶었다.
아이러니한 일이었다. 왕 회장의 독단적 결정에도 마지막까지 자신의 곁을 지켜준 사람은 뚱이었기 때문이다. 많이 고마워해도 부족할 판인데, 뚱에게 화를 내고 있으니……. 그러나 살짝 미안한 생각도 들었지만 회사 사정이 다급해지니 몰아세울 수밖에 없었다.

"회장님. 사실 장 부사장님은 아무것도 모르는 일입니다. 제임스 정이 회장님을 속이고 분식을 했던 것이고, 당시 그룹 내에서 회장님이 제임스 정에게 막강한 힘을 실어주셔서 저 또한 사실을 이야기할 수 없었습니다."

왕 회장의 불같은 언성이 뚱에게 쏟아지자, 그새 뚱에게 미운 정이라도 들었는지 김 부장이 뚱을 지원하고 나섰다.

"그럼 내 지인들로 구성된 감사위원회는 뭐한 거야? 그 사람들까지 다 속였단 말이야? 그래도 그 사람들 다 경영학 교수에 현장 경험도 있는 친구들인데, 모두들 의심 않고 속았다니 이해가 가지 않는구먼."

왕 회장은 사외이사들로 구성된 감사위원회조차도 이런 분식에 대해 한마디 말이 없었던 것을 이해할 수 없었다. 사외이사들은 왕 회장과 친분이 있는 사람들이라서, 제임스 정에게 매수되기는 힘들었을 것이다.
뚱은 왕 회장이 모르도록 슬쩍 김 부장을 팔꿈치로 찔렀다. 뚱을 보니 도와달라는 간절한 눈빛을 보내고 있었다. 김 부장은 한숨을 삼키고는 왕 회장을 보고 말했다.

"문제는 회계법인이 독립적이지 못했던 것입니다. 저야 제임스 정 밑에 있어 제임스 정의 지시를 따를 수밖에 없었지만, 회계법인은 독립적인 위치에서 회사의 재무상태를 감사해서 보고해야 할 책임이 있습니다. 그런데 회계법인조차도 제임스 정의 눈치를 보다가 감사위원회에 문제점을 보고하지 못했던 것입니다. 감사위원들이 수만km 떨어진 모로코 해외프로젝트 진행사항을 어찌 알 것이며, 복잡한 내부거래를 어떻게 파악할 수 있겠습니까? 밑에서 보고해주지 않으면 감사위원들은 상황을 알 수가 없습니다. 이런 일은 우리 그룹만 그런 게 아니라 대부분의 회사에서 발생하는 상황입니다."

"그렇다면 회계법인은 왜 제임스 정의 눈치를 그렇게 본 거요? 그 사람들 나름 자존심 있고, 옳은 일 하는 걸로 알고 있었는데 말이오."

왕 회장은 회계법인의 행태가 이해가 가지 않았다. 왕 회장이 사업을 처음 시작한 20~30년 전에도 어두운 부분이 조금 있긴 했지만, 이번처럼 총체적 부실감사를 한 적은 없었다. 오히려 철저한 감사는 물론이거니와, 회사가 자료 제출을 늦게 하면 회계사들이 현장에서 철수한 적도 있었고, 그럴 때마다 재무부장들은 회계사들 달래느라 고생했었던 기억이 어렴풋이 났다. 과거에는 분명 회계사들이 재무부장보다 갑(甲)의 위치에 있었던 것이다.

그랬던 회계사들이 변했다는 것을 이해할 수 없었다.
김 부장이 생각하는 중인지 잠시 말이 없자, 뚱은 이번에도 말없이 김 부장을 찔렀다. 김 부장은 할 수 없이 마치 버튼이 눌린 장난감 로봇처럼 다시 말을 하기 시작했다. 지금 말하지 않으면 어차피 회장실 밖으로 나가 뚱에게 욕을 먹으리라.

"요즘 회계법인 외부감사 시장 경쟁이 치열합니다. 그래서 회계법인들이 회사 눈치를 많이 봅니다. 통상적으로 3년에 한 번 감사계약을 갱신하게 되는데, 이때 절대적인 영향력을 행사했던 사람이 우리 그룹에서는 제임스 정이었습니다. 회계법인은 외부감사를 재수임하려면 제임스 정의 심기를 불편하게 하면 안 되었던 것입니다. 그런 이유로 모든 보고가 제임스 정까지만 이루어지고 그 위로는 올라가지 못했습니다. 물론 회장님께서는 계속 경영실적이 좋게 나와서 의심을 하지 않으셨을 겁니다."

한 사람에 대한 권력 집중이 이런 불상사를 만들지는 상상조차 못했다. 대박그룹을 풍전등화로 만든 것은 제임스 정이 아닌 바로 왕 회장 자신이라고 생각하니 뒤늦은 후회의 눈물이 가슴 속에 흘렀다. 김 부장은 뚱과 왕 회장이 자신의 말에 수긍하는 태도를 보여주는 것에 힘을 얻었는지 다시 말을 이어나갔다.

"회장님. 회계법인을 함부로 대하는 것이 요즘 하나의 기업문화처럼 되어가고 있습니다. 그러나 생각해보십시오. 브레이크가 없는 기관차는 결국 큰 충돌을 일으킬 수밖에 없습니다. 기업이 함부로 날뛰지 못하도록 제어해주는 브레이크가 바로 회계법인입니다. 회계법인을 깔보고 막 대하면 결국 기업은 주주와 채권자들에게까지 거대한 충돌을 일으키게 될 것이고, 그 결과는 필연적으로 기업의 부도로 이어질 수밖에 없습니다."

회장실에 침묵이 흘렀다. 왕 회장은 한참 동안이나 입을 열지 않다가 무겁고도 진중한 목소리로 말했다.

"알겠소. 앞으로는 회계법인 선정은 내가 직접 하겠소. 회계법인이 회사 경영에서 이렇게 중요한 역할을 하는지는 몰랐구만. 그리고 앞으로 회계감사 이슈는 회장까지 꼭 보고하도록 하세요."

"넵! 알겠습니다. 회장님!"

재빨리 뚱이 대답했다.

"이만 나가보시오."

"네!"

"저, 회장님."

왕 회장의 말이 떨어지자마자 뒤돌아서서 나가려고 했던 뚱을 김 부장의 말이 붙잡았다. 뚱은 민망했는지 천천히 다시 왕 회장을 향해 뒤돌아섰다. 뚱의 따가운 시선이 느껴졌지만, 반드시 해야 할 말이라 생각되어 김 부장은 용기를 내어 말했다.

"최근 대한민국에서는 회계법인의 독립성이 많이 저해되어 우리 대박그룹처럼 분식회계가 늘어나는 추세에 있습니다. 2009년부터 2012년 6월까지 금감원에 적발된 분식회계 금액이 2.8조에 달합니다. 그래서 정부는 2013년부터 「주식회사의 외부감사에 관한 법률」을 개정하여 외부감사 선임절차의 공정성과 외부감사의 독립성을 높이려고 진행 중에 있습니다. 과거 경영진이 외부감사인을 선임하고 사후 감사위원회(또는 감사)의 사후 승인을 받았지만, 2014년에는 감사위원회가 실질적으로 외부감사를 결정하도록 입법 예고 중에 있습니다. 물론 감사위원들이 결국은 회사와 안면이 있는 사람들로 선임되어 회사 경영진 의사에 반하는 회계법인이 선정되기는 어렵겠지만, 형식적인 절차의 공정성과 회계법인의 독립성은 조금 향상될 듯싶습니다."

"알겠소."

"그럼……."

김 부장과 뚱이 회장실의 문을 닫고 나왔다.

"이봐. 김 부장."

"예?"

김 부장은 꿀꺽 침을 삼켰다. 또 무슨 말을 하려는 걸까? 얼마나 긴장했는지 복도에 침 삼키는 소리가 울려 퍼질 지경이었다.

"……. 아니다. 오늘 수고했어. 김 부장 없었으면 많이 혼났을 것 같구먼."

■ **2013년 외감법 입법 예고(외부감사제도 개선)**

① 외부감사인의 재무제표 작성 지원 근절(외감법 7조)

○ (과거) 재무제표 검증을 해야 할 외부감사인이 회사의 재무제표 작성을 도와주는 잘못된 관행이 오랫동안 존재

- 외부감사인의 독립성을 심각하게 훼손

○ (개정) 회사 대표이사가 재무제표의 작성 책임자임을 법에 명시적으로 규정하고 외부감사인에게 재무제표 제출 시 거래소에 제출하도록 의무화

② 외부감사인 선임권한을 내부감시기구로 이전(외감법 4조)

○ (과거) 감사시장은 외부감사인이 자신을 선임한 회사의 재무제표를 검증하고 잘못된 점을 지적해야 하는 구조임

- 높은 감사품질을 원하는 정보이용자(투자자, 채권자 등)와는 달리 회사는 낮은 비용의 감사서비스를 선호

○ (개정) 외부감사인 선임, 해임, 보수 결정 등의 권한 일체를 회사 내부감시기구인 감사위원회 혹은 감사로 이전

③ 분식회계 조치 대상자의 확대(외감법 16조, 17조, 20조)

○ (과거) 외감법상 증권선물위원회(이하 '증선위') 조치 대상은 등기임원에 한정(외감법 16조2항)

- 회사 경영에 영향력을 행사할 수 있는 자가 분식회계 등을 지시하거나 직접 주도한 경우에도 등기임원이 아니란 이유로 증선위 조치에서 제외

○ (개정) 증선위 조치 대상에 사실상 등기임원과 역할이 유사한 상법상 업무집행지시자 등을 포함

뚱은 김 부장의 어깨를 툭툭 두드려주고는 먼저 가버렸다. 김 부장은 뚱의 뒷모습을 멍하니 바라보다가 참고 있던 숨을 내쉬었다. 사실 김 부장이 용기를 내서 왕 회장에게 회계법인의 중요성과 선정절차의 변화를 말한 이유는 바로 뚱 때문이었다. 같이 접대 자리를 나가본 결과, 뚱이 회계법인을 단지 회사가 용역을 주는 거래처 정도로 낮게 보는 듯한 느낌을 받게 되었고 그게 염려됐었던 것이다. 이제 회장님 앞에서 회계법인을 중요성을 말씀드렸으니 앞으로 뚱도 회계법인을 함부로 대하지는 않을 것이다. 그런데 아마 뚱도 자신이 의도한 바를 알고 있었으리라. 그래서 또 한 소리 먹을 것을 각오했는데 웬걸? 그냥 가버리니 김 부장은 그 자리에서 쾌재라도 부르고 싶었다.

뚱은 김 부장을 뒤로하고 걸어가면서 조금 아쉬움을 느꼈다. 김 부장의 생각과는 달리 일단은 자신이 왕 회장의 호통에도 아무런 말을 할 수 없었다는 게 안타까웠다. 예전에 영업맨으로 있을 때는 변명을 해도 그 누구보다도 자신 있게 했던 뚱이었다. 그런데 CFO라는 자리에 오르고 나니, 정말 할 말이 없었던 것이다. 회장님 앞에서 온몸이 발가벗겨진 채 서 있는 기분이었다.
그 다음으로는 시어머니가 하나 더 늘어난 것 같아서 아쉬워하고 있었다. 앞으로 회계법인이 직접 왕 회장에게까지 보고를 하게 되면, 뚱이 회계법인을 장악할 수는 없을 것이다. 게다가 김 부장의 설명을 들어보니, 뚱도 회계법인을 장악하는 것이 옳지 않다는 것을 알았다. 제임스 정의 사례를 보아 알 수 있듯이 최고경영진 입장에서는 CFO에게 잡히는 회계법인은 오히려 독이 될 확률이 높았다.

어찌됐든 앞으로 뚱이 접대를 해야 하는 대상이 하나 더 늘어난 것이다. 김 부장이 일부러 그것을 강조했다는 것을 어림짐작으로 느꼈기에 뚱은 한마디 해주고 싶었지만, 틀린 말을 한 것은 아니기에 그냥 잠자코 있기로 했다. 한편으로 왕 회장에게서 자신을 보호해줬다고 생각하니, 뭐라고 하기에도 민망했다.

"에휴~~ 앞으로 더욱 피곤해지겠구만. 빨리 CFO에 대해서 배워야겠어."

걸어가며 뚱은 혼잣말로 앓는 소리를 냈지만, 사실 두려운 것은 없었다. 전투적인 아줌마들과 냉소적인 백수들, 그리고 바쁘디 바쁜 회사원들까지. 영업을 뛰면서 자신이 상대해보지 못한 사람은 없었다. 소금은 물론이요, 느닷없는 물세례도 맞아봤다. 심지어 경비원들에게 멱살이 잡혀 끌려나는 일도 다반사였으니. 복잡다양한 사람들의 구색을 맞춰주는 것보다 CFO 공부를 하는 게 더 맘 편할 것이 확실했다. 인생사 새옹지마라고 했던가? 위기를 기회로 삼으면 반드시 좋은 일이 올 것이라고 뚱은 마음을 굳게 먹었다.

왕 회장은 김 부장과 뚱이 나간 자리를 한참 동안이나 쳐다보다가 다시 의자를 돌려 창밖을 봤다. 그리곤 참고 있던 한숨을 땅이 꺼져라 뱉어냈다. 30여 년간 대박그룹을 이끌어오면서 이토록 후회되는 순간은 처음이었다. 왕 회장이 지금까지 제임스 정만큼 많이 챙겨줬던 직원은 없었다. 짝사랑이 남녀 연인 사이에만 있는 것은 아니다. 왕 회장은 제임스 정을 일방적으로 좋아했었고 제임스 정은 그 사랑을 자신의 배를 불리는 데 악용했다. 왕 회장은 제임스 정에 대한 배신감, 사랑의 상처 때문에 최근 잠을 제대로 못 잘 지경이었다.

왕 회장은 대박그룹을 경영하면서 제임스 정처럼 학벌도 좋고 말도 잘하면서, 외모까지 수려한 친구를 본 적이 없었다. 또 외국에서 오래 공부해서인지 매너도 좋았다. 과거 왕 회장이 데리고 있었던 직원들은 충성심은 높았지만 샤프한 사람들은 아니었다. 주로 사투리를 썼고, 투박한 작업복에 몇 년이나 신어서 너덜너덜해진 구두를 신고 회사에 출근하는 사람들이 대부분이었다.

왕 회장은 전경련 같은 사교 모임에 나갈 때마다 그것이 신경 쓰였다. 어떤 그룹은 박사들만으로도 수천 명이 된다고 했다. 게다가 만나는 타그룹 회장들마다 하나같이 인재가 중요하다는 이야기뿐이었다. 그런 이야기를 들을 때마다 왕 회장은 대박그룹의 인재 폭이 너무 얕다고 생각했다. 지금 대박그룹이 여기까지 온 것은 다 왕 회장 혼자 힘으로 왔다고 생각했던 것이다.

그래서인지 왕 회장은 최근에 사람을 너무 많이 잃었다. 제임스 정만 있으면 대박그룹이 대한민국 30대 그룹 아니, 10대 그룹 안에라도 금세 들어갈 듯싶었다. 왕 회장은 제임스 정의 잘못을 보고하는 직원들이 제임스 정을 시기질투한다고 생각했고, 그래서 오히려 그 직원들을 꾸짖었다. 그 직원들은 억울함을 참지 못하고 회사를 그만두었지만, 왕 회장은 전혀 신경 쓰지 않았다. 30년간 생사고락을 같이 해온 직원들도 내치고 말았으니 그 당시 왕 회장의 눈에 콩깍지가 씌어도 단단히 씌었던 것 같다.

그리고 콩깍지가 벗겨진 지금, 현실은 참담했다.

"으아악!!"

제임스 정에 대한 분노가 갑자기 치솟아 올랐는지 왕 회장은 벌떡 일어나서 창문을 주먹으로 쾅쾅 몇 번이나 쳤다. 잠시 후,

"아야야……."

드라마의 주인공처럼 의연하게 서 있으려 했지만 왕 회장은 주먹을 꽉 쥐고는 쪼그려 앉았다. 눈물이 나올 만큼 아팠다. 주먹을 호호 불면서 쪼그려 앉은 채 왕 회장은 혼자 중얼거렸다.

"뚱……. 너밖에 없다."

Chapter 3

M&A 및 자금 차입 드러나는 진실

- 환상이 깨지다
- 이유가 궁금해!
- 추악한 제임스 정
- 모든 것의 원인
- 어쩔 수 없는 선택

부는 천사와 악마라는 두 얼굴을 가지고 있다.

•

무명

환상이 깨지다

뚱은 자리로 돌아와 의자에 털썩 몸을 기댔다. 왕 회장에게 호되게 혼난 덕인지 술기운이 서서히 깨고 있었다. 멍하니 천장을 쳐다보고 있는데 어제 술자리에서 벌어졌던 일들이 머릿속을 스쳐 지나갔다. '의견거절'을 줄 수밖에 없다는 회계사들의 말이 떠올랐다. 그리고 의견거절을 받게 되면 회사가 부도날 수밖에 없다는 김 부장의 말도 떠올랐다.

"어떻게 이럴 수가……."

뚱은 지금 벌어지고 있는 현실을 인정하기 힘들었다. 대박그룹은 많은 대기업이 쓰러졌던 IMF시절에도 한 발짝 더 도약했던 회사였다. 왕 회장은 IMF라는 국가적 위기를 오히려 기회로 바꿔냈던 사람이었다. 그는 당시 헐값으로 나온 빌딩 등 부동산에 그동안 모아두었던 현금을 과감히 투자했다. 결과는 초대박이었다. 불과 1~2년 사이에 헐값에 샀던 부동산들이 매입가격보다 2배 이상 상승했다. 그때 벌어둔 수익이 대박그룹 제2의 성장기를 가능하게 했다.

그때부터 대박그룹은 다른 회사들을 신규인수하기 시작하면서 외형적으로 점점 커지게 되었다. 게다가 기존에 있었던 회사들의 경우 IMF 이후 수익성이 몇 배나 급성장하게 됐다. 그룹 내 현금이 계속 늘어나 주체를 못할 정도였다. 왕 회장의 대박그룹은 외형과 수익성 모두 다 잡은 것처럼 보였다. 그리고 대박그룹은 초고속 성장을 거듭하면서 2000년 중반에 국내 50대 그룹 언저리까지 도달하게 되었다. 되돌아보면 그때가 대박그룹의 정점이었다.

"크흐……."

뚱은 과거 대박그룹의 화려했던 시절을 기억하면서 눈물이 나려고 하는 것을 억지로 참았다. 남들이 보기엔 어떨지 몰라도 그

화려했던 시절은 자신과 왕 회장, 그리고 지금은 떠나버린 임원들이 피와 땀을 흘려 이뤄낸 값진 결과였음에 틀림없었다. 그때 고생했던 기억들이 주마등처럼 뚱의 머릿속을 스쳐갔다. 그때는 모든 것이 좋아보였는데, 어쩌다가 이렇게 된 걸까?

그 이후, 대박그룹은 거짓말처럼 무너져 내리기 시작했다. 산이 높으면 골이 깊다는 말이 있듯이, 오히려 그때 이뤘던 성공이 대박그룹을 이렇게 무너지게 만든 것이다. 그 중심에는 왕 회장의 욕심이 자리 잡고 있었다.

보통 그룹이 이 정도로 커지게 되면 그룹 총수는 '재벌 놀음'을 해보고 싶어지기 마련이다. 그리고 그것은 왕 회장도 마찬가지였다. 왕 회장에겐 촌놈 콤플렉스가 있었다. 그리고 그 콤플렉스를 재벌 행세를 통해 극복하고자 했다. 번듯한 대기업 재벌가가 되고 싶었던 것이다. 그러나 전경련 같은 곳에 가서 목에 힘을 좀 주려면 재계 30위 정도에는 들어야 가능했다. 그 욕심에 눈이 멀어 왕 회장은 그룹의 사이즈를 키우기로 마음먹었다. 회사 규모가 조금 커졌다고는 하나 여전히 대박그룹의 핵심 사업은 조그마한 생활가전업체와 무역상사였다. 그것만 가지고 재계 30위의 그룹이 되기에는 무리가 있었다.

그래서 생각한 것이 건설업 진출이었다. 부동산에서 쉽게 돈을 벌어서 건설업에 관심이 가기도 했지만, 단기간에 그룹을 확장하는 방법으로는 역시 건설업을 따라올 것이 없었다. 건설업의 경우 대형 건설프로젝트 하나가 조 단위의 규모를 가지고 있었다. 건설회사를 인수할 경우 그룹의 매출이나 외형을 곧바로, 그것도 엄청나게 키울 수 있었던 것이다. 건설회사를 인수하는 것이 왕 회장에겐 재계 30위 그룹 달성에 있어 필수 요소로 보였음에 틀림없었다. 왕 회장은 즉시 대박건설의 인수를 명령했다. 그러나 그것은 왕 회장의 커다란 실수였다.

대박건설은 역사가 오래된 한국의 메이저 건설사 중 하나였다. 비록 IMF때 유동성위기를 겪어 외국계 펀드에 헐값에 팔렸지만, 60년 역사라는 전통을 가지고 있던 회사였다. 그런데 IMF 때 대박건설을 인수했던 외국계 펀드는 대박건설의 회생에는 관심이 없었다. 대박건설의 가능성을 완전히 무시한 채 빠른 투자금 회수 및 이익 창출에 집중했던 것이다. 그래서 현금화 가능한 자산을 대부분 팔아 그 배당으로 투자금을 회수해가기 시작했다. 그리고 더 많은 이익을 얻기 위해 인적구조조정 및 사업포트폴리오도 조정하여 재무제표 상으로는 아주 매력적인 회사를 만들어냈다. 돈이 되면 돈이 된다고 팔았고, 돈이 안 되면 안 된다고 팔아 치웠다. 이러한 5년여의 혹독한 구조조정을 거치고 대박건설이 다시 매물로 나왔을 때에는 이미 껍데기만 남은 후였다. 그러나 이를 눈치 챈 사람은 많지 않았다. 그 당시 국내 부동산시장이 일시적으로 호황을 이루어 건설사들의 순익이 급증했기 때문에 회사의 민낯을 볼 수 없었던 것이다.

사실 건설업은 그간 그룹이 커온 과정을 생각해보면 그룹 내에서 전혀 시너지가 없는 업종이기도 했다. 대박그룹은 생활가전 전자회사를 시작으로 이와 연관된 무역업과 식품업으로 확장되어 온 그룹이었다. 무역업의 경우 전자제품과는 별도로 또 다른 성장의 한 축으로까지 커가고 있었다.

이러한 배경을 잘 아는 많은 주위 임원들은 왕 회장이 건설업에 진출한다고 선언했을 때 반대를 많이 했다. 그러나 왕 회장은 반대하는 임원들의 말을 듣지 않았고, 오히려 이들이 옛날의 야성을 잃어버리고 현실에 안주하려고 한다고 역정을 내면서 그들을 멀리했다. 그리고 십 년이 넘게 생사고락을 같이 했던 임원들보다 들어온 지 몇 달도 안 된 신입 CFO를 더 신뢰하는 왕 회장의 모습에 결국 하나 둘 자리를 떠나기 시작했다. 오직 뚱만이 왕 회장에 대한 신뢰를 잃어버리지 않은 채 묵묵히 자리를 지키고 있을 뿐이었다.

임원들의 빈자리는 해외MBA를 거치고 컨설팅회사에서 일하는 젊은 컨설턴트들이 차지했다. 이들은 기본적으로 왕 회장이 듣고 싶어 하는 말들을 그럴싸한 논리와 화려한 언변으로 포장하여 전달하기에 바빴다. 그러다 보니 어느 순간부터 왕 회장은 젊은 컨설턴트의 장막에 쌓이게 되었고, 외부의 쓴 소리는 더 이상 들리지 않기 시작했다. 그리고 그때부터 회사의 몰락이 시작되었다.

이유가 궁금해!

뚱은 손가락으로 볼펜을 이리저리 돌리다가 볼펜 끝을 이빨로 와작와작 씹기도 하다가, 볼펜을 위로 던졌다 받기도 했다. 누가 보면 참 정신없는 놈으로 보일지도 몰랐지만 뚱이 고민할 때 항상 하는 행동이었다. 생각해보면 뚱은 대박건설을 인수한 이후로 회사가 기울었다는 것만 알았지, 도대체 왜 대박건설 인수가 회사를 무너뜨렸는지는 정확하게 알지 못하고 있었다.

어디서부터 잘못된 걸까? 뚱은 볼펜으로 책상을 탁탁 두드리며 골똘히 생각해봤다. 대박건설을 인수할 당시 언론들은 인수가가 조금 높지만, 충분히 흡수 가능한 수준이고 대박건설을 통해 대박그룹이 한 단계 더 도약할 것으로 전망했다. 특히 그때는 일시적으로 국내 부동산 경기가 반짝 활성화 된 시기였고 중국시장이 급팽창하면서 대박그룹의 주력이었던 무역업과 생활가전사업이 잘 나갈 때였다. 그래서 대박그룹은 그 어느 때보다 현금이 풍부한 시기였다. 아무리 생각해봐도 그때 이후로 회사가 침체된 이유를 알 수 없었다. 궁금증이 있으면 참지 못하는 뚱은 인터폰으로 김 부장을 호출했다. 김 부장은 조심스럽게 문을 열고 들어와서는 마치 이등병이 병장 앞에 서있듯 경직된 차렷 자세로 섰다. 뚱은 볼펜을 휘휘 돌리다가 볼펜 끝으로 김 부장을 휙 가리켰다.

"김영달 부장님, 대박건설 인수할 때 무슨 일 하셨나요?"

김 부장은 두려움이 앞섰다. 여태까지 뚱을 지켜본 결과, 사람을 지칭할 때 3가지 타입으로 부른다는 걸 알았기 때문이었다. 첫 번째 타입은 이번처럼 '직함'에 '님'자까지 붙여 부르는 경우인데, 이때는 상대방이 맘에 안 들 때이다. 통상 상대방을 괴롭히기 전인데, '님'자는 공습경보나 다름이 없었다. 두 번째 타입은 '박사' 호칭을 붙이는 경우가 있는데, 이때는 상대방이 잘난 척하는 것을 은근히 비꼴 때 사용됐다. 세 번째는 '선수'라는 호칭을 붙일 때인데, 상대방에게 친근감을 표현할 때 사용했고, 이렇게 불릴 때가 대화 분위기는 가장 좋았다. 아무튼 '부장님'이라고 부르는 걸 보니, 또 한바탕 뭔가 있을 듯싶어 시작부터 긴장이 되었다.

"저는 그 당시 자금팀에 있다가 재무팀으로 옮겨온 지 얼마 안 됐을 때였습니다. 제임스 정이 CFO로 오면서 새로 팀을 재정비했는데, 제가 재무팀에 오게 된 계기는 그 당시 재무팀장을 맡고 있었던 정기석 부장이 전임CFO와 함께 회사를 그만 두어 공석이 되었기 때문입니다."

"정기석 부장이라, 그 친구 한때는 회장님의 집사나 마찬가지였는데……. 회장님의 자금 관련해서 그 친구가 다 관리했지. 그 친구도 회장님에게 직언을 하다가 그만뒀다고 들었어. 아무튼 자금이면 재무의 한 부분이라고 볼 수도 있겠구먼. 김 부장은 그러고 보니 순수 재무통이네. 재무 잘해서 좋겠구먼. 전문성이 있어서 좋겠어."

김 부장은 뚱의 비아냥거림에 더욱 불안해졌다. 뚱은 잠시 동안 말이 없다가, 볼펜을 탁 책상에 내려놓고는 단도직입적으로 말했다.

"당신은 대박건설 인수 당시부터 재무팀장이었으니, 대박건설 인수 내막에 대해 잘 알겠지? 대박건설 인수, 뭐가 잘못된 거요? 얘기 좀 해보시오.”

김 부장은 뚱의 질문에 잠시 머뭇거렸다. 단순히 ‘승자의 저주’로 설명하자니 부족함을 느꼈고, 모든 걸 설명하려니 어디서부터 시작해야 할지 머리가 복잡했기 때문이었다. 사실 대박건설 인수는 첫 단추부터 잘못 끼워진 거래였다. 대박건설이 시장에 매물로 처음 나왔을 때 인수하려는 국내 대기업 그룹이 많았고, 경쟁이 치열하니 가격이 자연스레 올라갈 수밖에 없었다. 거기다 당시 매각 주간사가 외국계 IB였는데, 대박건설 딜과 관련하여 진행했던 방식이 ‘프로그레시브 딜(Progressive Deal)’ 방식이었다. 프로그레시브 딜 방식이란 복수의 우선협상대상자를 선정하고 개별협상을 통해 가격을 더 올려 부르도록 유도하는 방식으로서, 그 당시만 해도 한 업체를 우선협상자로 선정한 후 결렬시 차순위 업체와 협상하는 방식이 많았기에 생소했던 방식이었다. 결국 이런 상황이 복합적으로 엮여 당시 시장에서 적정가격으로 생각되었던 3,000억 원보다 2배나 높은 6,000억 원에 회사를 인수하게 되었다. 김 부장은 뚱에게 이 많은 이야기를 어떻게 짧은 시간에, 그리고 쉽게 설명을 해야 하는지 고민이 됐다. PER, PBR 등 전문 용어를 섞어가면서 이야기해야 하는데 그런 이야기를 했다가는 박살날 것이 불을 보듯 뻔했다.

■ **승자의 저주(Winner's Curse)**

○ M&A에 성공한 기업이 이후 주가가 떨어지거나 경영이 어려워지는 등의 후유증을 일컬음
  - 기업 인수 과정에서 시장가치보다 더 비싸게 사는 경우 발생

○ 미국 석유회사 엔지니어인 케이펜, 클랩, 캠벨의 멕시코만 석유시추권 공개입찰과정에 대한 논문에 의해 처음 언급

사례) 금호그룹의 대우건설 인수

- 2006년 금호그룹은 재무적 투자자(FI)을 통해 6.5조 자금을 조성(금호그룹 자체 자금은 2.9조에 불과)하여 대우건설을 인수. 이후 건설업 침체로 인해 대우건설 주가가 큰 폭으로 하락했고, FI에 제공한 풋백옵션(Put-Back Option)으로 인해 현금 유동성에 문제가 발생하여 산업은행에 재매각됨

"부사장님. 그 부분을 설명하자면 시간이 오래 걸리고, 조금은 전문가적인 지식이 필요하기도 하는데, 괜찮겠습니까?"

"좋아, 좋아. 그렇게 어려우면 당신이 잘 설명하면 되겠구먼. 좀팽이처럼 잘게 이야기하지 말고 굵직굵직하게 이야기하라구. 재무하는 애들은 사람이 너무 잘아. '쟁이'가 되지 말란 말이야. 굵직굵직하게, 손에 잡히도록! 한 번 읊어 봐."

뚱은 '손에 잡히도록' 이 부분을 말할 때 두 주먹을 불끈 쥐었다. 김 부장은 손에 잡히도록 설명을 하지 않으면 왠지 그 주먹에 맞아 죽지 않을까 하는 두려움이 들었다.

추악한 제임스 정

“일단 가장 쉽게 말씀드리자면, 100원짜리 회사를 200원 주고 샀는데, 그 200원도 우리 돈이 아니라 대부분 남의 돈으로 사서 이렇게 되었습니다.”

김 부장은 자신의 답변이 스스로도 황당하긴 했지만, 뚱 앞에서는 이것이 할 수 있는 최선의 설명이라 생각되어서 일단 던지고 보았다. 뚱은 볼펜을 와그작와그작 씹다가 그 볼펜으로 책상을 탁탁 두드리면서 말했다.

“그래. 장사의 기본은 싸게 사서 비싸게 파는 건데, 살 때부터 비싸게 샀구먼. 근데 그게 전부야? 나도 대박건설을 비싸게 샀다는 정도는 그룹 내에서 이야기가 많이 돌아 알고 있어. 대박건설을 인수한다고 했을 때 그런 우려가 많이 나왔지. '저주' 어쩌구 하는 말도 있었고 외국 애들 배만 불려줬다는 말도 많이 나왔었지. 그런데 말이야. 내가 물어본 건 그 회사가 왜 100원짜리였고, 그걸 왜 미친놈처럼 200원에 샀냐 이거지."

김 부장은 시장에서 기업이 어떻게 가치평가되는지 설명을 해야 할 필요를 느꼈다. 슬슬 머리가 아파오기 시작했다. 재무에 관해서 이야기하려면 서로 재무에 관한 기본 단어는 알아야 대화가 되는데, 상대방이 기본 단어를 모르고 있으니 난감했다. 이렇게 되면 보디랭귀지처럼 1차원적인 의미 전달밖에 할 수가 없었다. 결국 김 부장은 야단맞을 각오를 하고 용어 정의부터 시작했다.

"부사장님. 기업가치평가 설명을 위해서는 간단한 기본 원리를 알고 계셔야 합니다. 통상적으로 기업가치는 재무적으로 산출되는 자산 또는 이익을 시장에서 몇 배 정도 인정해 주느냐로 결정됩니다. 이때 주당순자산을 BPS(Book-value Per Share)라고 하고 주당순이익을 EPS(Earning Per Share)라고 합니다. 그리고 시장에서 인정하는 '몇 배'를 멀티플(Multiple)이라고 하는데, 주당순자산일 경우 주가순자산비율이라고 하는데 이 바닥에서 일하는 사람들은 PBR(Price Book-value Ratio)라고 합니다. 또, 주당순이익일 경우 주가수익비율이라고 하는데, PER(Price Earing Ratio)라고 부릅니다. 여기까지 이해되셨으면, 기업가치는 간단합니다. 자산을 중심으로 평가할 경우에는 BPS에 PBR을 곱하면 되고, 이익 중심으로 평가할 경우에는 EPS에 PER을 곱하면 됩니다. 보통은 이익개념으로 시장가치를 많이 평가하는데, 철강, 화학산업처럼 장치산업 또는 금융업인 경우에는 자산개념으로 평가를 주로 하고 있습니다. IT기업에 대해서는 '법인세 이자 감가상각비 차감 전 영업이익(EBITDA)'를 가지고 평가하는데 이건 고급 과정으로 생각하시고 잊으셔도 됩니다."

김 부장은 혹시 모를 불호령에 뚱의 눈치를 살짝 봤다. 뚱은 실눈을 뜨고는 PBR, PER, EPS, BPS를 주문처럼 반복해서 외우고 있었다. 그러다가 볼펜을 탁 두드리며 말했다.

"그래. PBR, PER, EPS, BPS만 알면 된다는 거지? 좋아, 좋아. 이건 뭐 이해의 문제가 아니라 'Hi', 'Hello' 같이 기본 단어 같은 거라니 막 외워야겠구먼. 근데, 내가 듣다 보니 하나 궁금한 게, BPS(주당순자산)와 EPS(주당순이익)은 그냥 주어진 숫자인 것 같은데, PBR(주가순자산비율)과 PER(주가이익비율)은 어떻게

■ PER(Price Earings Ratio)

○ 주가수익비율로 불리고 주가를 주당순이익으로 나눈 것임

- 현재 주가가 10,000원이고 주당순이익이 500원/주라면 PER는 20배임

○ 주가수익비율은 유량(Flow) 측면에서 회사 주가의 적정성 평가

■ PBR(Price Earings Ratio)

○ 주가순자산비율로 불리고 주가를 주당순자산으로 나눈 것임

- 현재 주가가 10,000원이고 주당순자산이 1,000원/주라면 PBR는 10배임

○ 주가순자산비율은 저량(Stock) 측면에서 회사 주가의 적정성 평가

■ EV/EBITDA

○ EV(Enterprise Value)는 '시가총액+순부채(총차입금-현금예금)'이며, EBITDA(Earnings before interest, tax, depreciation and amortization)으로 '영업이익+순금융비용+감가상각비'로 측정됨

- 시가총액 100억, 순부채 100억, EBITDA 20억일 경우 EV/EBITDA는 10배임

○ 적정 주가를 분석할 때 기본적으로 PBR과 PER이 사용되나 보조적으로 EV/EBITDA을 활용함

계산되는 거야? 이걸 곱해서 기업가치가 나온다는데, 이게 도깨비방망이구먼. 이걸 뭘 쓰냐에 따라 기업가치가 많이 나오기도 하고, 적게 나오기도 하겠어. 보통 이게 어떻게 계산되지?"

김 부장은 뚱의 말에 깜짝 놀랐다. PBR과 PER의 개념을 바로 이해한 듯한 느낌이었다. 임원이 그냥 되는 것은 아니구나 하는 생각이 들면서 아주 작은 존경심이 들기 시작했다.

"PBR이 1 이상일 경우 회사를 팔았을 때 손에 들어오는 현금(시장가치)가 장부에 나와 있는 금액(장부가치)보다 크다는 이야기이고, 1 이하일 경우 시장가치가 장부가치 이하라는 겁니다. 우리나라의 경우 지금 PBR이 1 이하인 기업들이 많은데 기업이 시장에서 가치를 인정 못 받는 경우이거나, 아니면 장부에 반영되지 않은 숨겨진 부실이 회사에 많다는 뜻이기도 합니다. 보통은 후자의 경우가 많습니다. 기업의 재무제표를 못 믿겠다는 것이죠. 가장 아이러니한 게, 우리나라 은행들 보면 지금 다들 PBR이 1 이하라는 것입니다. 자산의 대부분이 화폐로 환산이 가능한 금융상품인데도 1 이하라는 것은 상식선에서 이해가 되지 않는 것이죠. 재무제표가 정확하다면 인수해서 자산을 다 팔면 무조건 이익이 날 수밖에 없는데 말입니다. 아마도 시장에 드러나지 않은 부실이 많다고밖에 이해가 안 됩니다. PBR에 대해 설명이 너무 길어졌네요. PER에 대해서도 잠깐 말씀드리면, 통상적으로 PER는 우리나라에서 10배 정도 보고 있는데, 이건 어디까지나 평균적인 것일 뿐, 나라별로 업종별로 그리고 시대별로 PER는 차이가 많이 납니다. 10배라면 현재 이익으로 10년 정도 지나면 회사 지분 전체를 살 수 있는 돈(투입자본)을 다 뽑는다는 이야기입니다. 10년이라는 이야기에는 물론 그 회사의 성장가능성을 고려하지 않는 것입니다. IT버블이 있었던 1990년 후반에는 PER가 100배를 넘는 경우도 허다했었습니다. 시장전문가들은 이걸 그 기업의 성장가능성으로 당시에는 설명했지만, 결국은 거품 즉 잘못된 평가였다는 것이 중론입니다."

김 부장은 설명을 하며 뚱이 졸고 있는 건 아닌지 하는 생각이 들었다. 뚱이 아까부터 계속 실눈을 뜨고 이야기를 듣고 있었기 때문이었다. 뚱이 잘 따라오고 있는 건지 의심이 들었다. 나중에 안 사실이지만, 뚱이 무언가를 암기하거나 머리에 든 지식을 부하직원에게 설명할 때는 이렇게 실눈을 감으면서 중얼거리는 습관이 있었다. 김 부장의 말을 듣고도 한참이나 말없이 실눈을 뜨고 있던 뚱은 갑자기 손바닥을 책상에 내리치며 크게 말했다.

"좋았어! PER는 10배, PBR은 1배 정도가 일반적이라는 거지? 복잡하게 이야기하지 말고 엑기스만 이야기해. 아무튼 그래, 그럼 대박건설 인수 때는 어땠어? 사람들이 왜 비싸게 샀다고 난리를 치는 건지 알고 싶단 말이지. 지금 그런 걸 이야기해야지! 핵심을 이야기하란 말이야! 쓸데없이 변죽만 울리지 말고. 그런 이야기는 실무자들인 니들이나 잘 알고 나에게는 핵심만 설명해주면 돼. 임원이 한가한 줄 알아? 바쁜 사람에게는 이해하기 쉽게 핵심만을 이야기하라구! 이렇게 어려운 이야기는 윗사람이 안 들어! 윗사람을 머리 아프게 하는 부하직원은 잘못된 거야!"

화를 내는 듯했지만 뚱의 입은 자신도 모르게 미소가 지어지고 있었다. 뚱이 저렇게 반응하는 걸 보니, 일단 기업의 가치평가와 관련된 배경지식은 이해가 된 듯싶었다. 이제 대박건설 인수 당시에 대해 설명이 필요한 타이밍이 됐다고 김 부장은 생각했다.

"대박건설은 당시 비상장회사였기에 직접적으로 비교할 수 있는 주가(시장가치)가 없어서 회계법인을 통해 시장가치 평가를 받았습니다. 그 당시 대박건설을 평가할 때 상장된 비슷한 기업들의 가치(시장 대용치)를 사용했습니다. 가치평가 결과를 간략하게 말씀드리면, 좀 전에 말씀드린 이익관점의 PER로 보면, 매수 당시 대박건설의 당기순이익은 약 300억 원 수준이었습니다. 그럼 아까 말씀드렸듯이 10배 정도면 3,000억 원 수준이 적당했습니다. 그런데 그걸 2배나 바가지 쓰고 6,000억 원에 산 것입니다."

"뭐야? 미친 거 아냐! 그걸 왜 그 돈을 주고 산 거야!!"

"지금 생각하면 미쳤다는 생각이 들 것입니다. 하지만 그 당시에는 그게 최선이었습니다. 대박건설을 꼭 인수하라는 회장님의 특명이 있었으니까요. 회장님은 건설업 진출을 일생일대의 큰 베팅이라고 생각하셨고, 그래서인지 대박건설을 꼭 인수하고 싶어 하셨습니다. 대박건설은 건설업을 진출하고자 하는 왕 회장님의 마음에 딱 드는 최적의 매물이었으니까요. 아시다시피 회장님이 실패하신 경험이 별로 없으시다보니, 대박건설도 인수만 하면 그룹의 현금주머니가 될 거라고 생각하셨습니다. 부사장님도 잘 알고 계시겠지만 건설업이라는 게 한때 우리나라 경제발전의 원동력이었던 시절이 있었습니다. 지금은 메이저 건설사들도 부실덩어리로 변해버려 대기업의 골칫거리가 되거나 여기저기 팔려나가고 있습니다만……. 우리나라 건설업이 다시 호황으로 돌아설 수도 있겠지만, 선진국 경제구조를 보면 한국의 건설업은 구조조정이 필요할 것으로 판단됩니다."

"그렇구만……."

뚱은 볼펜을 이리저리 휙휙 돌리다가 볼펜을 다시 입에 넣고 씹기 시작했다. 김 부장의 얼굴이 찡그러졌다.
'저것 좀 안 하면 안 되나…….'

"좋아 김 부장, 그런데 말이야. 그게 다야? 사실 그 정도는 나도 알아. 이건 그냥 있는 그대로를 이야기한 거잖아. 그런 거 말고, 남들이 모르는 이야기를 나에게 해줘야지. 보고란 말이야, 남들 모르는 거, 윗사람만 알 수 있는 즉, 어디 가서 광 팔 수 있는 그런 내용을 이야기해야지! 안 그래?"

뚱은 뭔가 아직도 궁금한 것이 남아 있다는 듯한 얼굴이었다. 대답이 불만족스럽다는 표현인 듯싶었다. 김 부장은 뭘 더 이야기해야 할지 모르겠다는 표정으로 뚱 앞에 멀뚱히 서 있었다. 뚱은 한숨을 쉬고는 말을 이었다.

"내가 듣기에는 대박건설 인수 과정에서 제임스 정의 장난이 좀 있었다고 들었는데, 그게 뭐야? 제임스 정이 있는 동안에 비리가 많았다던데, 그런 걸 이야기해야지!"

다짜고짜 뚱이 제임스 정을 언급하니 김 부장은 당황스러움을 감출 수 없었다. 그 당시에 김 부장이 재무팀장이긴 했지만, 본인도 소문으로만 들었던 내용이었다. 또 그 당시 상사였던 사람의 이야기를 하라는 것은 조금 가혹하다는 생각도 들었다. 그러나 뚱의 태도는 초지일관이었다.

"난 그게 궁금해. 대박건설 인수가 큰 문제가 된다는 걸 제임스 정도 몰랐을 리 없잖아? 그런데 왜, 왜! 왜?!?! 제임스 정은 그걸 각오하고서 대박건설 인수를 강행했냐는 거지."

뚱은 "왜"를 말할 때마다 신경질적으로 볼펜을 책상에 두드려댔다. 김 부장은 어쩔 수 없이 자신이 알고 있는 모든 것을 이야기해야겠다는 생각이 들었다. 어차피 제임스 정은 이제 없는 사람일 뿐이다. 그리고 다시는 그와 같은 실수를 막기 위해서라도 그 이야기를 하는 게 나을 듯했다.

"부사장님. 그 당시 제가 재무팀장이긴 했지만, 딜과 관련해서는 제가 실무를 담당하지는 않아서 내용을 잘 모릅니다. 다만, 그 당시 딜과 관련해서 제임스 정이 매각 주간사인 외국계 IB로부터 리베이트를 받았다는 소문이 있었습니다."

"리베이트?"

사실 제임스 정이 CFO에 있을 때 주로 같이 일했던 사람은 과거 제임스 정이 일했던 컨설팅사에서 파견 나온 이형식 위원이었다. 제임스 정은 딜과 관련된 은밀한 부분은 이 위원에게 주로 맡겼다. 당시 김 부장은 그룹 내부 자회사와의 커뮤니케이션 채널 유지와 재무정보 제공 역할만 수행했다. 그래서 내부적으로 어떤 의사결정을 통해 딜이 결정되었는지는 김 부장도 아는 내용이 없었다. 다만 딜을 주간했던 IB증권사와의 '리베이트 수수' 같은 안 좋은 소문이 무성했던 건 사실이었다.

"네. 확인된 이야기는 아니지만, 전체 매각가가 3천억을 넘을 경우 금액의 10%를 받는 조건이라는 말이 돌았습니다. 사실 중간에 이 딜이 깨질 위기가 한 번 있었습니다. 회장님도 금액이 컸던지라 고민이 되셨던 것입니다. 계약이 성사되지 않자 주간사가 딜 종료를 선언하고 홍콩으로 돌아가려고 다음날 비행기 표까지 예약한 상태였죠. 그때 주간사 친구들이 워커힐에 있었는데, 제임스 정이 밤새 회장님을 설득해 최종 가격 결정을 내리게 만들었습니다. 그래서 비행기 뜨는 날 아침, 호텔 1층에 있는 Bar에서 그들을 만나 딜을 성사시켰습니다. 그때만 해도 이 모든 과정이 드라마틱했다고 생각했는데, 지금 생각해보면 회장님의 야망을 제임스 정이 잘 이용했던 것이었습니다. 딜이 끝나고 전체 회식을 할 기회가 있었는데 이 위원이 그날따라 술을 많이 먹어 정신이 오락가락했습니다. 그러면서 제임스 정에게 300억 그 많은 돈을 어디다 쓸 거냐면서 장난쳤는데 제임스 정이 황급히 얼버무리며 이 위원의 입을 막는 것을 보았습니다. 그때 그게 무슨 말인가 했었는데 이제 와서 생각해보니 리베이트 건이 아닌가 싶습니다."

300억! 제임스 정의 비싼 명품시계와 옷은 결국 회장님의 돈으로 산 것이라는 생각이 드니 뚱은 어이가 없었다. 왕 회장이 제임스 정을 얼마나 믿고 신뢰를 해줬는데……. 기가 찰 노릇이었다. 뒤통수를 제대로 맞았다는 생각이 들었다.
"그래. 대박건설을 어떻게 해서든지 인수하려던 이유가 거기에 있었구만. 이제야 모든 것이 다 풀리는 느낌이야."

제임스 정이 눈앞에 있다면 당장 그 얄팍한 얼굴을 주먹으로 흠씬 두들겨서 넓적하게 만들어주고 싶었다. 하지만 다 과거의 일일 뿐, 지금 그것을 들춰내서 추적해본들 시간낭비일 것 같았다. 지금은 뚱 본인의 임무인 CFO에 빨리 적응해서 대박그룹을 살리는 것이 더 중요했다.

"우리가 감사실도 아니고, 사실 확인이 안 된 이야기는 더 이야기해봐야 의미도 없지. 벌써 시간이 이렇게 됐구만. 자, 일단 밥 먼저 먹고 오자고. 김 부장 뭐 좋아하나? 설명하느라 수고했으니 오늘 점심은 김 부장이 좋아하는 걸로 먹자구. 내가 쏘겠네."

시계를 보니 벌써 오후 3시를 넘어가고 있었다. 정신없이 이야기를 하다 보니 시간 가는 줄도 몰랐던 것이다. 어제 술을 마신 탓에 아침도 걸렀기 때문에 김 부장은 어제 저녁 이후로 지금까지 아무것도 못 먹고 있었다. 그런데 밥을 먹는다는 생각에 기쁘면서도 한편으로 밥 먹는 자리에서도 뚱과 함께해야 한다고 생각하니 얼굴이 울상이 되었다.
'밥만은 좀 쉬면서 먹고 싶었는데…….'
그런 김 부장의 맘을 전혀 모르는 듯 뚱은 자리에서 일어나 김 부장에게 자연스럽게 어깨동무를 했다.

"근데 말이야. 술 먹고 나서는 역시 해장국 아니겠어? 해장국이나 시원~하게 먹으러 가자고, 괜찮지?"

"예? 예……."
"대답이 뭐 그래? 안 괜찮아?"

“아니오! 괜찮습니다!”

“하하하! 그래. 그래. 얼른 먹고 와서 또 이야기해보자구. 아직 궁금한 게 많아.”

김 부장은 다리가 휘청거리려 하는 것을 간신히 참았다. 둘의 모습을 뒤에서 보니 뚱이 마치 김 부장에게 헤드락을 건 채 끌고 가는 것처럼 보였다.

원인이 밝혀지다

뚱이 또 무슨 말을 할지 몰라서 김 부장은 긴장한 채 밥을 먹었다. 해장국이 입으로 들어가는지 코로 들어가는지도 모를 지경이었다. 그런데 뚱은 자신의 별명이 괜히 지어진 것이 아니라는 듯 게걸스럽게 해장국을 먹어치우는 데만 집중하고 있었다. 김 부장도 안심되는 듯 조금 긴장을 풀고는 해장국을 먹기 시작했다.

"커피는 김 부장이 쏘는 거지?"

해장국집 문을 나오자마자 뚱은 김 부장의 옆구리를 찌르며 능청스레 말했다.

“아, 네. 그래야죠.”

마지못해 김 부장이 대답하자 뚱은 자연스레 회사 옆에 있는 커피 전문점으로 들어갔다. 커피 두 잔을 시키고 나니 해장국 값이나 커피 값이나 그게 그거였다.

‘이럴 거면 차라리 쏜다고 말이나 하지 말지…….’

김 부장이 속으로 한숨을 쉬고 있는데 뚱이 다시 김 부장의 어깨에 헤드락(?)을 걸어왔다.

“캬하~ 역시 식후엔 커피야! 안 그래?”

“…….”

둘은 다시 부사장실로 들어왔다. 뚱은 들어오자마자 김 부장에게 말을 하기 시작했다.

“그런데 김 부장. 궁금한 게 하나 더 있어. 당시 현금이 있긴 했지만, 그 정도로 많지는 않았던 것 같은데 말이야. 대박그룹을 인수한 돈은 어디서 난 거야? 다 빚으로 한 것 같던데……. 요즘 우리 회사가 사기CP를 발행했니 어쩌니 하면서 회장님 구속까지 이야기가 나오던데 그것과 관련이 있는 건가?”

"그 부분을 이해하시려면 우리나라 기업 부채 조달 구조에 대한 이해가 필요합니다. 잠깐 거기에 대해서 설명을 드려도 괜찮겠습니까?"

김 부장은 침을 꼴깍 삼켰다. 해장국을 게걸스레 먹어치우던 모습은 온데간데없고, 날카로운 눈으로 김 부장을 보고 있는 뚱, 역시 임원이 괜히 되는 건 아닌 것 같다는 생각이 들었다.

"좋아. 설명해봐. 어차피 이것도 PER, PBR 뭐 그런 필수개념인 듯하니까 들어 놓으면 도움은 되겠지."

"알겠습니다."

김 부장은 또다시 눈을 가늘게 뜨고 있는 뚱이 거슬렸지만, 그러려니 하고는 말을 이어갔다.

"회사 상황이 좋을 경우에는 은행들이 돈 빌려가라고 난리지만, 조금만 재무상황이 안 좋아지면 경영간섭도 많아지고 돈도 잘 안 빌려주고 금리도 맘대로 올려 받습니다. 이런 은행의 간섭을 제도화한 것이 '주채무계열제도'인데요, 대박그룹 같은 대기업그룹이 금융권 전체 대출 중 총 신용공여액이 0.075%('14년 기준 1.2조) 이상일 경우, 가장 많은 대출을 해준 은행을 주거래은행으로 선정하고 이 주거래은행이 해당 그룹을 통합 관리하도록 하는 제도입니다. 주채무계열에 선정된 뒤 재무상태가 안 좋아지면 해당 그룹은 주거래은행과 재무구조개선약정(MOU)을 맺게 되고 강도 높은 구조조정을 요구받게 됩니다. 이렇게 될 경우 사실상 신규 M&A는 불가능하게 되죠. 있는 자산도 팔라고 하는데, 신규로 자산을 늘리기는 더더욱 어렵습니다. 회장님은 그룹 규모를 키우고 싶었는데, 은행의 이런 간섭이 싫었습니다."

"좋아. 계속해봐."

"이때 제임스 정이 아이디어를 낸 게 회사채나 기업어음(CP) 발행 등을 통한 시장성차입을 늘리자는 것이었습니다. 그 당시에는 정말 묘책이었는데, 이게 시간이 지나고 보니 독약이었습니다. 문제가 발생하니 뒷수습이 더 힘들어졌던 겁니다. 지금 우리 회사채나 기업어음에 투자한 사람들이 금감원 앞에 가서 연일 항의 시위를 하고 있습니다. 이렇게 되니까 언론에서 관심도 높아지고, 실제보다도 위기가 더 부풀려졌습니다. 또 이런 이야기가 매스컴에 많이 나오다 보니 돈을 빌려주려고 하는 금융기관이 없어 회사 자금사정은 더 악화되는 악순환을 겪고 있습니다. 은행 대출만 있었다면 대출담당자하고만 이야기하면 되는데, 이건 이해관계자가 너무 많아져서 수습이 안 되고 형사고소(사기죄)까지 당하는 위치에 있습니다."

사업을 하다 보면 많은 것을 긍정적으로 보려는 경향이 있다. 위험보다는 결과를 먼저 생각하고, 그러다 보면 무리를 하게 된다. 김 부장도 당시 M&A 이후 상황이 이렇게 안 좋아질 것이라고는 생각하지 못했다. 회사를 인수하면 거기서 수익이 콸콸 쏟아질 것만 생각했었다. 그래서 이자율이 조금 높은 것 정도는 대수롭지 않게 여겼던 것이다. 또 그 당시에는 회사채 이자율과 대출 금리 차이가 크지 않아 회사채 발행에 대한 호감도가 더 높았다. 당장 은행의 잔소리가 듣기 싫었던 것이었다. 하지만 막상 일이 터지니 사후 일처리는 개인채권자를 상대하는 것이 은행을 상대하는 것보다 더 힘들었다. 나이 든 할머니들이 내 돈 돌려달라고 악다구니하는 것을 보아 넘기는 것이 인간적으로 힘들었던 것이다.

■ **주채무계열이란?**

○ 금융권 전체 대출 중 총 신용공여액이 0.075% 이상을 차지해 특별관리가 필요한 대기업 그룹을 선정해 주채권은행(해당 기업의 주된 거래은행 또는 신용공여액이 가장 많은 채권은행)이 통합 관리하도록 하는 제도(1999년 4월부터 도입)

- 주채무계열로 선정되면 주채권은행 중심으로 해당 기업집단에 대한 재무구조를 평가하여 재무상태가 좋지 않다는 부실징후기업으로 선정되면 '재무구조 개선 약정'을 체결하여 부채비율 200% 이하 감축계획, 계열 전체의 구조조정 사항 등 강도 높은 자구계획 노력 요구
- 계열사 간 지급 보증을 통한 신규 여신 취급이 불가능하게 되며, 기존 계열사 간 채무보증을 모두 해소해야 함

■ **관리대상계열**

○ 주채무계열로 선정된 기업 가운데 재무구조개선약정을 체결할 정도로 자금난에 빠지지는 않았지만, 그럴 우려가 있는 기업집단을 대상으로 관리하기 위한 제도

- 과거 웅진그룹처럼 주채무계열이면서 재무구조약정 대상을 간신히 벗어났지만, 재무상황 평가 직후 사정이 급속도로 악화되는 사례 발생

※ 2014년 주채무계열 현황

주채권은행	주채무계열
산업은행	한진, 대우조선해양, STX, 금호아시아나, 동국제강, 동부, 대우건설, 한솔, 풍산, 현대산업개발, 한진중공업, STX조선해양, 현대, 대성
우리은행	삼성, LG, 포스코, 두산, 한화, LS, 효성, CJ, 대림, 코오롱, 성동조선, 한라, SPP, 한국타이어, 아주산업, 이랜드
신한은행	롯데, OCI, 에쓰오일
하나은행	SK, GS, 대한전선, 세아, 부영
외환은행	현대자동차, 현대중공업
국민은행	KT, 신세계

"은행 애들이 우리를 많이 귀찮게 하긴 하지. 요즘은 은행도 경쟁이 심해져서 돈 가져가라고 접대도 많이 하던데……. 물론 회사가 좋을 때 이야기겠지만. 맑은 날은 우산이 필요하지도 않는데 무지개색 우산을 서로 선물해주더니, 막상 비 오면 그 우산을 뺏어가버려. 회사 사정이 안 좋을 땐 완전 갑이지. 나도 할 수만 있다면 은행 간섭 없는 시장성차입이 더 나을 것 같긴 해. 아무튼 그래서 시장성차입을 통해 M&A 자금을 조달했다는 거지? 근데 아까부터 물어보고 싶었는데, 시장성차입에는 뭐가 있지?"

눈을 반짝이고 있는 뚱에게 김 부장은 '시장성차입' 종류에 대한 설명 이전에 좀 더 큰 그림으로 자금조달에 대한 설명을 해야 할 필요성을 느꼈다.

〈시장성 차입의 장 · 단점〉

장점	단점
• 계약상 제약이 은행대출에 비해 약함(이자보상비율 등 재무비율 조건이 까다롭지 않음) • 만기를 은행차입보다 더 길게 가져갈 수 있음 • 무담보가 많음(IT기업 같이 고정자산이 없는 경우에 많이 활용) • 재무 융통성을 발휘할 수 있음	• 채무불이행시 투자자가 다수여서 협상에 불리함(파산제도에 의존) • 기업감시 측면에서 감시 소홀(채권보유자가 다수이고, 각각의 금액이 기업감시 유인을 제공할 만큼 크지 않은 소액임)

"부사장님. 재무제표를 보셔서 아시겠지만, 재무제표는 크게 차변과 대변으로 구분되어 있습니다. 그걸 구성하는 항목들을 보면 복잡한 계정과목들이 나열되어 있어 사람들로 하여금 재무제표를 거들떠보기도 싫게 만들죠. 용어들도 다 한자이고 한 번 들어서는 잘 이해도 되지 않습니다. 창피한 이야기지만, 저도 차변과 대변을 이해하는 데 3달이 걸렸는데, 그게 단순히 좌 · 우라는 것을 알고 너무 황당해했던 기억이 있습니다. 각설하고, 재무

제표는 쉽게 오른쪽(대변)에서 자금(부채, 자본)을 조달해서 왼쪽(차변)으로 돈을 배분한 내역(자산)을 정리한 표라고 생각하시면 됩니다. 왼쪽은 지금 관심사항이 아니고, 오른쪽을 보면 크게 부채와 자본으로 구성되어 있는데, 이것도 내 돈이냐, 남의 돈이냐 차이입니다. 내 돈일 경우에는 자본인 것이고 남의 돈일 경우에는 부채입니다. 과거 우리나라 자본시장이 활성화되지 않았을 때에는 남의 돈을 쓰는 방법이 은행밖에 없었지만, 우리나라 자본시장이 발달하면서 불특정 다수에게도 돈을 조달할 수 있게 되었습니다. 불특정 다수 중에 주식을 발행하여 조달하면 자본으로 가지만, 회사채를 발행하면 부채가 되는 것입니다. 동양사회에서는 '남의 돈' 즉 빚내는 것을 터부시하여 가능한 빚내지 않으려고 노력했는데, 서구 문화가 들어오면서 빚도 잘 활용하면 득이 되는 '불(火)'로 여기게 되었습니다. 이것에 대해 조금 다른 이야기를 하자면, 영어로 부채는 'CREDIT'이라고 합니다. 어감에서 느끼셨겠지만, '빚'보다는 훨씬 좋지 않나요? 그래서인지 서구는 부채를 부담이라기보다 이익 극대화를 위해 잘 활용해야 할 도구처럼 생각하고 있습니다."

"아하! 빚을 'CREDIT'이라고 한다고? 회계도 알고 보니 재미가 있네. 김 부장! 그것 보라구. 쉽게 이야기하면 재미있고 이해도 잘 가잖아? 앞으로도 그렇게 설명하라구!"

김 부장은 뚱이 흥미를 느끼는 것에 자신도 놀라움을 느꼈다. 일반 사람이 들으면 쉽게 이해하지 못할 난해한 내용을 금방 이해한 것이다. 뚱은 빚을 CREDIT이라고 하는 것에 무척 흥미를 느낀 듯했다. 김 부장도 이제야 좀 말이 통한다고 생각했는지 계속 말을 이어나가기 시작했다.

"시장성차입에 대해 계속 말씀드리겠습니다. 시장성 차입의 방식으로는 현재 크게 회사채(CB, Corporate Bond)와 기업어음(CP, Commercial Paper) 이렇게 두 종류가 있습니다. 회사채는 일반적으로 장기자금 조달 시에 사용되고, 기업어음은 단기자금 조달 시에 사용됩니다. 발행 용이성 측면에서 보면, 회사채는 근거법이 '자본시장통합법'으로 발행 시 이사회 의결 및 시장의 수요조사를 거쳐야 하고, 증권신고서 제출 의무도 있는 등 절차가 까다롭습니다. 반면에 기업어음은 근거법이 '어음법'으로 법적 요건만 갖춘다면 대표이사 직권으로 발행이 가능해 발행 절차가 복잡하지 않습니다. 설명에서 눈치 채셨겠지만, 그래서 한계기업일수록 기업어음(CP) 발행을 많이 하고 있고, 이럴 경우 금리도 높은 편이라 요즘처럼 저금리시대에 개인투자자들이 좋아하는 경향이 있습니다. 반면 기관투자자들은 자금 운용을 보수적으로 하는 경향이 있어 신용등급이 A등급 이하인 회사채에는 잘 투자하지 않습니다."

■ **회사채 · 기업어음 특징 비교**

○ 기업어음과 회사채 모두 채권이라는 점에서는 동일하지만, 발행과 유통과정에서 차이가 발생

구분	회사채	기업어음(CP)
법적성질	사채	약속어음
경제적 기능	장기자금조달	단기자금조달
실물발행 여부	실물발행	실물발행
증권신고서 제출	제출의무 있음	만기 1년 이상일 경우에만 제출
발행자격	주식회사	제한없음
발행한도	제한없음	제한없음
최저액면	1만원	제한없음
만기	제한없음	제한없음
발행정보	발행공시	간접적 공시주1)
분할 양도	가능	불가능

주1) 정기, 분반기 보고서를 통해 기업어음 발행금액, 신용평가등급, 미상환잔액 등을 공시

"좋아. 이론 설명은 거기까지만 듣고, 그럼 우리는 어떻게 된 거야? 우리 대박그룹에 대해서 이야기를 해봐. 지금 현재 부채비율이 1,000%가 넘고, 그 대부분이 회사채와 기업어음이라는데, 우린 어떻게 이렇게 된 거야?"

"대박그룹도 처음부터 이렇게 기업어음이 많지는 않았습니다. 처음에는 다른 그룹처럼 은행 등 금융기관으로부터 받은 대출의 비중이 높았지만, 이때에는 전체 부채 규모는 타 그룹에 비해 작았습니다. 그러다가 회장님이 사업다각화를 시작하시면서 여러 회사를 M&A하려고 시도했습니다. 그런데 그때마다 은행 간섭이 심해지고 필요한 자금도 잘 해주지 않아 자금 조달원을 은행에서 회사채로 바꿨습니다. 만약 인수한 회사들이 돈만 잘 벌어줬다면 성공한 전략이었을 텐데, 아시다시피 새로 인수한 회사들이 블랙홀처럼 그룹의 돈을 몽땅 다 삼켜버렸고 그래서 대박홀딩스의 신용등급도 투자적격 등급(BBB등급 이상)에서 투기등급(BB+등급 이하)으로 떨어져 버렸습니다. 이때부터 회사채 발행이 막혀버렸고, 돌아오는 회사채들을 막기 위해 단기자금조달 방법인 CP를 발행한 것입니다. 옛날로 말씀드리면, 명동 사채자금을 끌어다 쓴 거죠. 그 돈이 지금 2조가 넘었습니다. 만기가 3달짜리이고 회사 상황이 안 좋은 상황에서 발행된 거라 금리도 시중금리의 2배가 넘었습니다. 고금리다 보니 개인투자자들의 매입이 많았습니다."

"아니, 아니."

뚱이 답답한 듯 김 부장의 말을 끊었다. 무언가 이해가 안 가는 듯 눈을 지그시 감고 있었다. 그러다 갑자기 눈을 번쩍 뜨고는 볼펜을 책상에 세게 두드렸다.

"내가 그렇게 잡스럽게 설명하지 말라고 했는데 말귀를 못 알아먹었구먼! 보고할 때는 항상 사실이 내포하고 있는 핵심을 이야기하란 말이야! 지금 내가 궁금한 것은 CP를 구입한 투자자들이 바보가 아닐 텐데, 그렇다면 그 사람들도 우리 대박그룹 상황이 안 좋다는 것 정도는 알았을 텐데 말이야. 바보가 아닌 이상에야 단지 이자율이 높다고 사지는 않았을 것 아니야? 며칠 전 기사에서 보니까 SS그룹 CP매입자들도 지금 사기 발행이라고 난리를 치고 있고 SS그룹 회장은 검찰에 불려 다니다가 결국 구속이 됐던데, 그 이유가 뭐지?! 왜 그런 CP를 사냔 말이야~!"

김 부장은 저런 뚱의 모습이 정말 싫었다. 궁금한 게 있으면, 좋은 말로 물어보면 되지 왜 화를 내면서 이야기하는지 도무지 이해가 가지 않았다. 뚱은 사실 열등감이 많은 사람으로 상대방을 잘 인정하려고 하지 않는 태도가 있었다. 그래서 상대방이 설명을 잘 하면 방금처럼 다른 방향으로 질문을 바꾸어 상대방을 질책하는 경향이 있었다. 자신이 그 사람보다 낫다는 걸 본능적으로 증명하기 위한 것이었다. 김 부장은 뚱과 같이 오랜 시간을 보내면 정신병이 생기지 않을까 하는 우려가 들었다. 김 부장은 깊은 숨을 한 번 쉬고는 뚱에게 다시 설명을 시작했다.

"SS그룹과 관련해서는 2가지 문제가 있습니다. 첫 번째로 분식회계를 했던 것 같습니다. 회사가 CP를 발행하려면 신용평가사로부터 신용등급을 받게 되는데, 사실 SS그룹은 부도나기 일보직전이었지만 분식한 재무제표를 신용평가사에 제출하여 마치 정상적인 회사인 것처럼 신용등급을 받았다는 것입니다. 두 번째로는 CP 발행한 후 일주일 만에 법정관리를 신청했다는 것입니다. 두 번째가 쟁점 사항인데, 투자자들은 SS그룹이 처음부터 돈을 떼먹으려고 작정을 했다고 보는 것이죠. 부사장님도 잘 아시겠지만, 사기죄라는 게 고의성 유무가 쟁점인데, 이 부분에서 SS그룹은 법원을 설득하기 힘들었을 겁니다."

"어디 보자……. 그 얘기를 우리 대박그룹으로 돌리면, 결국 제임스 정이 분식회계를 해서 정상적인 신용등급을 받았고, 그로 인해 우리 대박그룹의 신용도를 믿은 사람들이 우리 회사의 CP를 샀다는 이야기군?"

"그렇습니다."

과거에는 고의 부도나 이런 사기CP 발행이 사회적으로 크게 문제화되거나 이슈화되는 일이 적었다. 설사 언론에 이런 것이 드러나서 문제화되더라도 재벌 총수는 국가경제발전에 기여한 공을 인정한다는 논리로 법원에서 '재벌형량'이라고 부르는 '징역 3년에 집행유예 5년' 처분을 받는 일이 많았다. 하지만 최근 들어서 법정구속은 기본이고 실형을 선고받는 비중이 점점 늘어나고 있었다. 최근 A그룹은 실형 선고를 받은 이후 형량을 줄이기 위한 투자자들과의 합의금을 만들 목적으로 그룹의 주요 회사를 매각하는 초강수를 두었다. 시장성차입의 장점이 부각되면서, 많은 한계기업들이 CP 발행 규모를 늘리고 있는 중인데, 한계기업의 CP 발행은 잘못되었을 경우 다수의 이해관계자로 인해 문제해결이 복잡하게 꼬이는 경우가 많고 법정으로 갈 위험성이 높기 때문에 발행 시 조심해야 했다.

뚱은 고민에 빠졌다. 대박그룹도 지금 CP 발행 물량이 많고 이를 해결하기 위해서는 차환발행(기존 사채를 갚기 위해 신규로 사채를 발행하는 것)밖에 없는데 이러다 본인도 사기CP 발행으로 구속되는 것은 아닌가 하는 두려움이 들었다.

"김 부장. 그럼 우리는 어떻게 해야 해? 만기가 돌아오는 CP 물량이 많던데?"

열심히 설명하던 김 부장의 얼굴에 짙은 어둠이 깔렸다. 사실 김 부장은 지금 대박그룹이 절체절명의 순간으로 접어들어 가고 있다는 것을 알고 있었다. 다음 주 CP 만기가 돌아오는 금액이 1천억 원 정도인데, 자금조달 여력이 바닥나버린 상태였다. 현재 그룹 자산 중 팔 수 있는 물건은 전부 팔려고 해봤지만, 이미 매수자들이 하이에나로 변해버린 후였다. 회사가 죽으면 더 싼 값에 매물들을 거둬드릴 수 있는데 굳이 지금 비싼 값을 줄 필요가 있을까 하는 생각들을 하고 있는 것이었다.

사실 매수자들의 생각은 지극히 타당한 것이다. 시간이 지나면 자연스레 가격이 떨어질 텐데 무엇 하러 굳이 지금 사겠는가? 지난해부터 팔려고 내놓았던 알짜 대박전자가 최초 매각된다고 이야기 나왔을 때 가격에 비하면 지금 1/3로 줄어버렸다. 그마저도 사려고 했던 측에서 최종 의사결정을 안 하고 있다. 현재 대박전자는 사상 최대실적을 내고 있는데도 말이다. 그룹이 위기에 처하지만 않았어도 절대 매각할 생각을 안 했을 회사이다. 김 부장도 이런 상황이 너무 억울해 가슴이 먹먹할 지경인데, 왕 회장의 마음은 이미 다 타버렸을 듯싶었다.
그러나 때늦은 후회는 의미가 없었다. 지금은 사람들 기억에 희미하게 남아 있지만, 90년대에 유행했던 카오스 이론이라는 게 있었다. 카오스 이론에 따르면 변화는 예측가능하지 않고 부지불식간에 나타나게 된다. 그렇기 때문에 변화를 항상 사전에 잘 준비해 두어야 한다. 하지만 많은 사람들이 현재에 익숙해 변화를 준비하지 않는다. 그리고 변화가 발생하면, 무기력하게 그 변화에 휩쓸려가고 만다.

이러한 변화를 최근에는 '블랙 스완(Black Swan)'이라는 말로 표현하고 있다. 현재 우리나라에서 일어나고 있는 변화들도 과거에는 예측하지 못했던 상황들이다. 과거에는 대기업 총수가 구치소에 들어가지도 않았고, 설사 기소됐다 할지라도 법정에서 대부분 집행유예로 풀려났었다. 그리고 은행에서 자금을 대규모로 지원해줘 문을 닫지도 않았었다. 물론 여기에는 정경유착이 있었다. 하지만 요즘에는 분위기가 180도 바뀌어 그룹총수들도 집행유예 없는 징역형을 선고받는 사례가 늘어나고 있고, 망할 기업들은 그대로 망하게 내버려 두는 경우가 늘어나고 있다.

이런 변화를 인지했었다면, 작년에 대박전자를 팔 수 있었을 때 팔았을 것이다. 조금 더 받으려다 딜이 깨져버린 것이었고, 그 이후부터 그룹의 유동성위기가 부각되기 시작했다. 매각 실패 이후 그룹이 위기에 있다는 소문이 퍼지면서 그룹의 모든 자산가치가 폭락하기 시작했고, 더 이상 자금조달도 안되고 그룹 주위에는 하이에나만 늘어났다.

시장에 기대 이상의 선물을 줘야 했는데, 대박그룹은 시장의 기대에 미치지 못한 선물을 줬던 것이다. 자고로 선물이란 상대방이 기대하는 것 이상을 줘야 한다. 상대방이 '삼겹살'을 생각하고 있으면, '한우 1++ 꽃등심'을 사줘야 하는 것이다. 그렇지 않고 '돼지 껍데기'를 사주면 주고도 욕먹는 것이 인지상정인 것이다.

김 부장은 뚱을 물끄러미 바라보았다. 이젠 뚱이 이 모든 상황을 잘 헤쳐 나가야만 했다. 그런데 뚱이 해결할 수 있을지 우려되었다. 앞으로 그룹에 큰 폭풍이 몰아칠 경우, 그때 뚱이 왕 회장을 재무적으로 잘 보필해야 할 텐데, 아직은 여러모로 부족해 보였다. 이런 상황에서 대박그룹호가 폭풍우를 잘 극복할 수 있을지 염려가 되었다. 그러나 그렇다 해도, 지금 믿을 수 있는 사람이 달리 있는 것도 아니었다. 결국 김 부장은 뚱을 믿어야만 했다.

어쩔 수 없는 선택

조용히 뚱을 바라보던 김 부장은 천천히 말하기 시작했다.

"부사장님. 아마 대박그룹은 조만간 큰 갈림길에 설 것 같습니다. 회장님이 지금 백방으로 돈을 구하러 다니시긴 하지만, 이미 대세는 기운 듯합니다. 물론 그렇다고 포기하자는 것은 아닙니다. 다음 주까지 부사장님을 포함하여 저희 재무실도 자금난을 해결하는 방안을 열심히 찾을 것입니다. 하지만……."

"하지만……?"

다음 말을 입 밖으로 꺼내는 것이 너무나 어려웠다. 어떻게 키워

온 회사인데……. 김 부장에게도 대박그룹은 자신의 모든 것이나 마찬가지였던 것이다. 그러나 김 부장은 각오한 듯 단호히 입을 열었다.

"현재 상황만 놓고 판단한다면 아마도 부도가 날 것으로 예상됩니다. 자금난을 타개하는 방안을 찾는 것도 필요하지만, 앞으로는 플랜B를 세워서 부도 후에 어떤 방향으로 대박그룹을 이끌고 가야 할지에 대한 계획도 필요할 것입니다."

김 부장은 뚱에게 대박그룹이 '시한부 판정을 받았다'는 말을 잔뜩 위축된 표정으로 전달했다. 뚱은 김 부장의 말을 듣고는 의자에 등을 기댄 채 한숨을 쉬며 천장을 바라봤다. 의자가 한껏 젖혀졌다. 그렇게 한참이나 멍하니 천장을 바라보던 뚱은 말하기 시작했다.

"부도? 김 부장. 부도난 회사에 납품해 돈 못 받아본 적은 있지만, 우리 회사가 부도난다는 생각은 해본 적이 없어."

"……."

뚱은 김 부장을 노려보았지만, 사실 그 눈빛은 마지막 발악이나 마찬가지였다. 뚱 자신도 더 이상 할 수 있는 것이 없었던 것이다. 지금 재무실에 은행과 채권자들에게서 전화가 빗발치고 있다는 사실을 뚱도 알고 있었다. 심지어 뚱의 친구들도 지금 대박그룹이 괜찮은 건지 묻는 전화를 걸고 있는 상태였다. 해줄 수 있는 말은 딱히 없었다. 김 부장의 말이 사실이었다. 그러나 뚱은 마지막 자존심을 내세웠다.

"회장님이 분명 무슨 생각이 있으실 거야. 어쩌면 돈을 마련할 수 있을지도 모르고, 김 부장."

"네."

"내일까지 회장님의 고민을 덜어줄 수 있는 그런 답들을 생각해와. 오늘 밤을 새서라도 말이야. 물론 회장님에게 보고하기 전에 알기 쉽게 정리해서 나한테 보고해야 하는 거 알지?"

"……알겠습니다."

그 와중에도 현실을 믿지 못하는 뚱이 미웠지만, 김 부장은 그

마음도 이해가 갔다. 자신은 사실 오래전부터 이미 부도에 대한 마음의 준비를 해왔던 터였지만 뚱은 단 일주일 만에 이 모든 상황을 받아들이고 책임져야 하는 상황에 있었기 때문이었다.

"그만 가봐. 오늘 수고했어."

"넵. 수고하셨습니다. 내일 뵙겠습니다. 그럼 이만."

김 부장이 문을 닫고 나가자 뚱은 큰 한숨부터 내쉬었다. 김 부장에겐 큰 소리를 쳐놨지만 사실 뚱은 지금 자신이 왜 CFO로 있는지 자괴감을 느끼고 있었다. 처음엔 영업일처럼 무작정 부딪치면 될 거라 생각했는데 CFO라는 자리는 영업일과는 너무도 달랐다. 알아야 할 지식도 많았고 결정에 따른 리스크도 많은 자리였다. 처음 생각했던 것처럼 결코 만만한 자리가 아니었다.

뚱에겐 사실 돌격대장이 딱 잘 어울렸다. 여기서 숫자나 만지고 있으려니 좀이 쑤셨다. 내일이라도 당장 은행에 돈 빌려달라고 은행 점포 앞에 침낭 싸들고 가서 절박함을 보이는 것이 뚱한테 맞는 것이었다. 그런데 지금은 그럴 수도 없었다. 절박했지만 그 절박함을 누구에게 표현해야 할지 알 수가 없었다. 시장성차입으로 조달하다 보니, 침낭을 어디다가 펴야 할지 갈피가 안 잡혔던 것이다.

이런저런 말들을 김 부장에게 해놨지만, 사실 뚱도 이제는 부도라는 것을 인정해야 할 때가 온 것일지도 몰랐다. 1천억 원. 회장님도 도저히 마련할 수 없는 돈임이 분명했다. 그 돈을 마련할 수 있었다면 오늘 아침 회장님이 뚱에게 그렇게 호통을 치진 않았을 것이다. 뚱은 자리에서 일어나 부사장실을 한참이나 걸어다녔다. 손에는 펜을 쥔 채로였다. 펜을 잘근잘근 씹다가, 손으로 돌리다가, 오랫동안 무의미한 짓을 반복하면서 고민에 고민을 거듭했다. 한참을 고민하던 뚱은 펜을 쓰레기통에 던져버렸다. 그것은 오늘 해야 할 고민이 끝났다는 의미였다. 뚱은 전화기를 들었다.

부사장실을 나와 집에 도착한 김 부장의 얼굴엔 깊은 상실감이 비치고 있었다. 당장 내일까지 마감해야 할 보고 때문은 아니었다. 본인이 평생을 몸 바쳐 일했던 이곳이 내일 당장 문을 닫을 수도 있다는 생각에 깊은 회한이 밀려왔던 것이다. 본인과도 동일시할 수 있는 대박그룹. 이 대박그룹이 없어지는 것이다. 아내도 회사의 상황을 잘 알고 있었기에 김 부장의 얼굴을 보고는 말없이 밥을 차려주었다. 비록 너무 늦은 시간이라 저녁 식사가 아니라 야식 같았지만 그래도 김 부장은 꾸역꾸역 밥을 먹었다. 내일 보고를 잘 해야만 뚱도 상황을 받아들이게 될 것이다. 그러기 위해선 지금 밥을 먹고 체력을 보충할 필요가 있었다.
그때 갑자기 김 부장의 핸드폰이 울렸다. 뚱이었다. 밥이 얹히는 것 같은 느낌을 받으며 김 부장은 전화를 받았다.

"예. 부사장님."

"김 부장. 내일은 부도났을 때의 상황과 부도가 났을 때 우리가 어떻게 대처해야 하는지 대비책들에 대한 보고를 준비해오도록 해."

"아……. 네. 알겠습니다."

"그래. 수고해."

김 부장은 전화를 끊고 자기도 모르게 입가에 미소를 지었다. 뚱도 드디어 회사의 상황을 냉정하게 인정한 것이었다. 쉽지 않은 일이었을 텐데 과감하게 결정해준 뚱이 새삼 고마웠다. 김 부장은 컴퓨터 앞에 앉아 머리를 굴리기 시작했다. 이제는 뚱에게 부도에 대해서 잘 설명해주고, 그의 현명한 판단을 기대해야 할 것이다. 물론 그렇다고 해서 김 부장이 회사가 부도가 나길 바라는 것은 아니었다. 김 부장은 회장과는 또 다르게 자신의 전부나 마찬가지였던 이 회사를 다시 일으켜 세우고 싶었다. 다만 그러기 위해서는 현실을 인정하고, 거기에서부터 시작하는 것이 중요했다.

내일 보고를 어떻게 잘 준비해야 할지 벌써부터 머리가 아팠지만 한편으로는 힘이 났다. 부도를 설명하다 보면 분명 또 뚱의 호통을 들어야 할 텐데 그것도 크게 상관없다는 생각이 들었다. 어차피 뚱과 김 부장은 이미 같은 배를 탄 것이다. 이미 엎질러진 물. 김 부장은 부도 이후를 생각해 빠른 시일 안에 이 대박그룹을 정상화시켜야겠다고 생각했다. 비록 다시 살아난 대박그룹이 현재의 대박그룹이 아닐지라도…….

Chapter

4

상장폐지, 회생절차
대박그룹 부도나다

- 김 부장의 일상
- 워크아웃? 법정관리? 그것이 문제로다
- 회생절차의 빛과 그림자
- 뚱의 선택
- 왕 회장의 진심
- 부도 1일째
- 기업의 가치를 유지하라

언제까지고 계속되는 불행은 없다. 가만히 견디고 참든지 용기를 내 쫓아버리든지 이 둘 중의 한 가지 방법을 택해야 한다.

•

로망 롤랑

김 부장의 일상

아이들도 잠들고 아내도 잠든 새벽 2시. 김 부장은 아직도 모니터 앞에 앉아서 보고서와 씨름 중이었다. 키보드를 두드리던 김 부장은 출출함을 느끼고는 거실로 나왔다. 늦게 먹은 저녁밥도 벌써 소화가 된 모양이었다. 김 부장은 냉장고를 열어 사과를 꺼내고는 한입 베어 물었다. 그리고는 머리도 식힐 겸, 베란다로 나갔다. 밖에는 제법 쌀쌀한 바람이 불고 있었다. 사과를 먹으며 김 부장은 문득 최근 겪었던 일들을 떠올렸다.

김 부장에게 최근 2~3달은 지옥 같은 시간이었다. 전임 CFO인 제임스 정이 있을 시절, 발행했던 회사채와 CP만기가 돌아오고 있는데, 이를 막을 자금이 점점 바닥을 드러내고 있었다. 대박그룹의 유동성 위기 소문이 시장에 도니, 제대로 된 금융기관에서는 더 이상 돈을 빌려주지 않았고 오히려 현금상환만을 요구했다. 게다가 김 부장을 더 힘들게 했던 건, 회장이 올바른 판단을 할 수 있도록 전략적 재무자문을 해야 할 핵심 참모인 CFO의 부재였다. 왕 회장과 김 부장이 지난 한 달간 동분서주하면서 사태를 진정시켜 보려고 했지만, 전략적 방향 없이 의사결정이 이루어지다 보니 상황은 점점 더 악화되어 갔다. 그렇게 갈피를 잡지 못하고 경영진이 우왕좌왕하다가 결국 막다른 상황까지 오게 된 것이다.

김 부장은 한때 다람쥐 쳇바퀴 같은 회사생활이 지겨웠던 적이 있었다. 그런데 이젠 그 평탄했던 회사생활이 너무도 그리웠다. 직장생활 20년 동안 들어보지 못했던 '파산', '부도', '워크아웃', '법정관리' 이런 단어들이 이제는 너무 친숙한 단어가 되었다. 이런 단어들을 뚱에게 알기 쉽게 설명하기 위해 오늘 밤 정리가 필요했다. 사실 한 달 전에 이미 이런 상황을 대비하여 그룹 법무팀과 공동으로 법정관리 및 워크아웃에 대한 분석을 완료하고 정리를 한 적이 있어서 업무적으로 큰 부담을 가져야 하는 것은 아니었다. 단지 그때에는 정말 만약의 사태를 대비해서 준비했던 계획이었는데 그게 현실로 돼버렸다는 생각이 들어 씁쓸할 뿐이었다.

부도가 날 경우를 가정한 플랜B를 한창 준비할 당시, 대박그룹은 자회사 매각을 진행하고 있었고, 그 중 한 건은 이미 최종 사인만 남겨둔 상태였다. 진행되는 매각 건 중 1~2건만 잘 해결되어도 급한 불은 끌 것으로 생각했다. 괜히 이런 보고서가 그룹 내에서 작성되었다는 소문이 시장에 돌면 악영향을 미칠 것 같아 철저히 비밀스럽게 진행되었다. 이런 내용이 왕 회장의 심기를 불편하게 할 것 같아, 검토 결과도 회장에게 보고를 하지 않았었다.

김 부장은 방으로 돌아와 파일함에 보관되어 있던 보고서를 다시 찾아 열어 보았다. 보고서를 보는 김 부장의 얼굴이 일그러졌다. 보고서가 숱한 법률용어와 회계용어로 도배되어 있었기 때문이었다. 그 당시에는 이런 보고서가 당연하다고 생각했는데, 지금 이 보고서를 가지고 뚱에게 보고할 것을 생각하니 눈앞이 캄캄해졌다. 뚱은 보고서를 보자마자 활화산처럼 폭발할 것이 뻔했다. 설상가상으로 김 부장도 구조조정 전문가가 아니었기에 이 부분에 대해 쉽게 설명할 자신은 없었다.

"후……. 별 수 없지."

김 부장은 그 자리에서 사과 하나를 통째로 다 먹고는 다시 정신을 차리고 모니터 앞에 앉았다. 쉽게 설명해내야만 했다. 그게 회사를 위해서 옳은 일인 데다가, 김 부장도 이젠 뚱을 어느 정도 신뢰하고 있었기 때문이었다.

최근 뚱과 업무를 같이 하면서, 김 부장은 그의 업무스타일을 어느 정도 알게 되었다. 요즘같이 촌각을 다투는 시기에도 뚱은 너무 여유가 있다고 할 정도로 보고서를 완벽하게 받아보길 원했다. 본인이 이해할 때까지 아랫사람에게 보고를 받다보니 보고서 업데이트 횟수가 30번은 기본이었다. 뚱 자신이 모르는 내용일 경우 뚱은 1차적으로 보고사항의 전반적인 내용에 대한 구체적이고도 쉬운 설명을 요구했다. 그리고 재차 반복되며 수정되는 보고를 통해 뚱은 방대한 보고서의 내용을 서서히 이해하기 시작했다.

그리고 그동안 보고자는 말 그대로 초죽음이 되기 일쑤였다. 뚱은 본인이 보고서를 이해하지 못한 건 자신의 능력 부족이 아닌 보고자의 기획능력 부족으로 몰아붙이는 스타일이었다. 뚱은 '윗사람을 공부하게 만드는 보고서는 0점이야!'라고 말하면서 보고자의 얼을 쏙 빼놓곤 했다. 아무튼 그렇게 힘겨운 과정을 거치며 뚱이 어느 정도 보고서의 내용을 이해하게 되면 그때 1장짜리 요약보고서를 작성했고 그 다음 최종 의사결정을 했다.

김 부장은 처음엔 이런 일처리 방식이 이해가 안 갔지만, 결과적으로 이런 일처리 방식이 CEO를 보좌하는 CFO의 적합한 업무처리 방식이라고 생각하게 되었다. 이렇게 보고서가 작성되다 보니 보고서 내에서 이미 결론이 다 난 상태였고, 보고 안건에 대해 추가적인 논의 여지가 날 수 없었기 때문이었다. 보고서의 버전이 올라가는 동안 CFO라인에서는 치열한 토의를 통한 면밀한 검토가 이루어졌고, 뚱은 특유의 강한 결단력으로 의사결정을 했다.

다만, 회계라는 것도 일종의 언어이므로 단어나 용어를 정확하게 써야 하는데, 가끔 엉뚱한 용어로 바꿔 사용해 김 부장을 당황스럽게 한 적이 종종 있는 게 아직도 문제이긴 했다. 그렇다고 토를 달려고 하면 뚱은 "틀을 깨란 말이야!!"라고 하면서 김 부장을 숨도 못 쉬게 몰아세우곤 해서 그건 엄두도 못 낼 일이었다. 이런 보고서를 작성하다 보니, 김 부장도 가끔 전문 회계용어가 생각이 안 날 정도였다. 주황, 분홍, 자주색은 뚱 앞에서는 모두 빨간색이 되고 말았다.

그러나 지금은 뚱을 믿어야만 했다. 비록 몇 가지 문제가 있긴 했지만 뚱은 조금 느려도 무엇이든 이해하고, 한 번 배운 것을 절대 잊어버리지 않는 명민함을 갖추고 있었다. 벌써 CFO의 역할과 그밖에 경제 용어, 회계 용어들에 대해 처음 배우는 사람이라고는 믿어지지 않을 만큼 빨리 습득하고 있었다. 그리고 무엇보다도 중요한 점은 회사를 살리고자 하는 뜨거운 열정이 뚱에게 있다는 것이었다. 이렇게 뚱이 공부를 계속해서 실력이 쌓이고 재무에 대한 인사이트까지 생긴다면, 지금 대박그룹이 처한 재무적 어려움을 해결할 방책을 만들 수 있을 것이다. 그런 희망을 김 부장은 가지고 있었다.

물론 치열한(?) 토론 과정에서 김 부장이 살아남을 수 있을지는 또 다른 차원의 문제였다. 연일 야근과 극심한 업무 스트레스로 김 부장은 탈진 바로 직전 상황이었던 것이다. 김 부장은 자신의 업무만으로도 죽을 지경인데, 현재 뚱의 개인 교사 역할까지 맡아 더 힘들었다. 하지만 김 부장은 뚱을 잘 보필하여 그룹의 생사를 가를 수 있는 이 전투에서 기필코 승리하고 싶었다. 이런 각오 아래 김 부장은 모든 고통을 견뎌내고 있었다. 물론 무작정 호통부터 치는 뚱을 상대할 때면 가끔 매너 있고 스마트했던 제임스 정이 그리울 때도 있었지만, 회사를 살리려고 발버둥치는 뚱이 회사를 이용하고 버렸던 전임 CFO보다 훨씬 더 듬직하다는 건 부정할 수가 없었다.

조만간 많은 사람들의 운명을 바꿀 중요한 의사결정이 있을 것이었다. 그때를 위해서 경영진이 올바른 결정을 할 수 있도록 '법정관리(회생절차)'와 '워크아웃'을 최대한 이해하기 쉽게 뚱에게 설명하는 것이 중요했다. 지금은 하얀 백지 위에 그림을 그리는 단계이므로, 보고자의 사소한 어감으로도 경영진은 많은 영향을 받을 수 있다. 뚱처럼 배경지식이 없는 사람에게 최초 보고를 할 경우에는 단어들의 첫인상이 매우 중요했다. 보고자는 결정권자가 의사결정할 수 있도록 보고서를 최대한 중립적으로 쓰고 마지막에 실무진의 의견을 정리하는 것이 중요했다. 김 부장은 내일 있을 보고서를 정리하다 그동안의 피로에 자신도 모르게 스르르 눈을 감고 말았다.

아침 8시. 김 부장의 전화벨소리가 요란스럽게 울렸다. 발신번호를 보니 뚱이었다. 또 하루가 시작된 것이다. 눈을 뜰 수 없을 만큼 피곤했지만 김 부장은 서둘러 보고자료를 출력해 회사로 발걸음을 옮겼다. 다행히 어제 많은 부분을 끝내고 잠들었기에 회사에서 조금만 정리하면 뚱에게 보고를 할 수 있을 것이었다.

워크아웃? 법정관리? 그것이 문제로다

뚱은 육중한 몸을 소파에 푹 기대고 두 다리를 테이블에 올린 상태로 김 부장을 쏘아보며 말했다.

"자~ 준비는 잘 했지? 완벽하게 할 필요 없어. 나한테 일단 보고하고 같이 만들어 나가는 거야. 혼자 다 하려고 하지 말라구. 보고서는 타이밍이 중요해. 그럼 이리 가져와봐."

김 부장은 밤새 작성한 보고서를 뚱에게 건네주었다. 그런데 보고서를 보는 뚱의 표정이 심상치 않았다. 뚱은 읽지도 않고 보고서를 휙휙 넘기더니 얼굴이 일그러졌다. 그러더니 연필꽂이에 있던 펜을 꺼내서 책상을 탁탁 두드리기 시작했다.

"언론에서 우리 회사가 워크아웃이나 법정관리를 갈 거라고 나오던데, 그게 뭐요? 난 그런 게 궁금해. 그런데 당신도 내가 워크아웃이나 법정관리라는 용어를 다 알 거라고 생각하고 썼네? 개념에 대한 설명도 없이 시작부터 대박그룹 현황, 법정관리와 워크아웃 시 장단점 비교, 대안별 시나리오, 결론 이렇게 구성을 했구먼. 이렇게 보고하면 어쩌라는 거야? 난 잘 모른다고 그렇게 이야기했는데, 나랑 한번 해보자는 거야? 이런 거 보면 난 짜증이 폭발한다구! 윗사람을 짜증나게 만드는 보고서가 최악이라고 내가 몇 번을 말했는데도 바뀌는 것이 없구먼. 그 틀을 깨란 말이야! 김 부장은 왜 그리 고집이 쎄? 내 밑에서 일하는 이상 너의 모든 것을 바꾸란 말이야! 바꾸지 못하면 살아남지 못한다고 그렇게 이야기했건만. 이렇게 보고할 거면 다음부터 보고하지 마!"

김 부장은 어제 저녁부터 지금 이 상황을 어느 정도 예상했지만, 밤새 작성된 보고서가 초장에 묵사발이 되니 화가 치미는 건 어쩔 수 없었다. 하지만 회사를 살리고자 하는 마음, 그리고 한 집안의 가장이라는 벗어던지기 힘든 책임감을 어깨에 짊어진 김 부장은 마음 속 깊은 곳에서 일어나는 화를 꾸욱 눌렀다. 이런 상황을 참는 게 어쩌면 자신이 이 자리에 서 있는 이유라고 생각하면서 애써 모멸감을 외면했다.

"부사장님. 용어설명이 빠졌네요. 제가 재무는 언어라고 말씀드렸는데, Vocabulary가 없으니 당연히 화를 내실 만합니다."

김 부장은 불쾌한 내색을 감추고 최대한 얼굴에 미소를 지으면서 뚱의 질책에 답변했다. 최근 며칠 사이 넉살이 늘어난 본인을 보면서 마음속으로 피식 웃을 수밖에 없었다. 이렇게 될 줄은 김 부장 스스로도 몰랐던 것이다. 뚱도 평소 같았으면 자신의 말에 쭈뼛쭈뼛 변명을 늘어놓았을 김 부장이 넉살좋게 말을 받아치는 걸 보자 제법이라는 표정으로 김 부장을 쳐다봤다.

"워크아웃 관련해서는 재밌는 유래가 있습니다. 워크아웃(Work-Out)이라는 용어를 처음 사용한 사람은 학계나 경영자들이 아닌 1980년대 미국 헬스클럽을 운영하던 유명 헐리우드 여배우 제인 폰다(Jane Fonda)입니다. 제인폰다가 여자회원들의 삐져나온 군살을 빼는 것을 워크아웃이라고 불렀습니다. 다시 말해, 트레이닝을 통해 불필요한 지방을 빼고 몸에 근육을 키우는 것, 즉 체질을 개선한다는 것이죠. 이후에 GE 전 회장이었던 잭 웰치가 과다한 자산과 채무 등을 줄이는 기업구조조정을 워크아웃으로 빗대어 부르면서 기업 경영 부문에서 일반적으로 통용되기 시작했습니다. 우리나라에서는 1990년대 후반 IMF 시기에 부실기업들이 시장에서 무더기 퇴출될 때 언론을 통해 알려지기 시작했습니다. 그런데 'out'이라는 단어가 퇴출을 뜻하는 부정적인 의미가 강해 워크아웃이라는 제도가 기업들로부터 오해를 많이 받았습니다. 그래서 우리나라 금융당국은 부정적 이미지가 있는 워크아웃이라는 용어를 '기업개선작업'이라는 용어로 바꾸어 사용하게 되었습니다. 하지만 언론 등에서는 이미 워크아웃이라는 단어가 대중에 많이 알려져 있어 이 단어를 '기업개선작업'보다는 더 많이 사용되고 있습니다."

"우리 대박그룹에게 절실하게 필요한 것이 워크아웃인 것 같군. 지금 대박그룹은 근육(자산)은 없고 몸에 해로운 지방(부채)만 잔뜩 끼어 있으니 말이야. 열심히 트레이닝을 해서 지방을 빨리 태워 없애야지. 그런데 내가 운동하면서 느낀 건데, 피트니스를 혼자 하면 절대 성공 못 하던데 말이야. 독한 개인 트레이너가 필요하던데……."

"맞습니다. 워크아웃에 들어가면 정말 독한 트레이너가 오게 됩니다. 주채권은행을 중심으로 채권금융기관들이 채권단협의회를 구성하는데, 이 채권단협의회가 바로 트레이너들입니다. 숨이 가빠지고 근육에 경련이 일어날 때까지 바벨을 들어 올리고 트레드밀을 뛰게 하는 그런 군대 조교 같은 트레이너이죠. 그런데 이런 독한 트레이너 밑에서도 군살 빼기에 실패하게 되면, 우리는 교도소로 가게 될 것입니다. 워크아웃을 먼저 시작했을 때 그렇다는 것이고, 워크아웃을 거치지 않고서도 바로 교도소로 직행하는 경우도 있습니다. 과거에는 당연히 교도소 가는 것을 선호하지 않았지만, 요즘은 여러 법적 · 제도적 이유로 인해 개인트레이너를 거치지 않고 바로 교도소를 선택하는 회사가 많아졌습니다."

김 부장은 워크아웃의 채권단협의회를 개인트레이너로 설명하면서 즉흥적으로 법정관리를 교도소로 비유했다. 궁하면 통한다고, 김 부장도 예전에 없었던 순발력이 나오고 있었다. 그런데 김 부장의 비유에 오히려 뚱은 펜으로 책상을 두드렸다.

"교도소? 갑자기 교도소 이야기는 왜 나와? 그래서 살 못 뺀 우리 회사를 교도소 보내고 싶다는 거야?"

트레드밀을 열심히 뛰는 자신을 연상하면서 워크아웃의 개념을 정리하고 있었는데, 갑작스런 교도소 이야기에 흥이 깨진 것이었다. 그렇지 않아도 CP 발행으로 교도소 운운했던 게 엊그제였는데, 교도소 이야기에 답답한 자금 상환 계획을 생각하니 아침부터 뚱은 머리가 지끈거리기 시작했다.

"죄송합니다. 법정관리를 회생절차라고도 부르기도 하는데, 그 이야기를 시작하려다 보니 마침 적절한 비유가 교도소 같아서 말씀드렸습니다. 불쾌하셨다면 사과드리겠습니다. 참고로 법정관리라는 말은 실무자들 사이에서 자주 썼던 말이 일반인들에게 퍼진 단어인데, 파산법에서는 기업회생절차라고 기록되어 있습니다. 앞으로 이 두 용어를 구분 없이 쓸 텐데, 이해 부탁드리겠습니다."

김 부장은 뚱의 뇌구조를 한 번 들여다보고 싶었다. 이렇게 단순한 뇌를 가지고 어떻게 저 위치까지 갔을까 하는 생각이 들었기 때문이다. 같은 내용을 수십 번 알려줘도 결국에 돌아오는 말은 '그래서 핵심은 뭐야? 그런 자잘한 이야기는 퉁퉁 치고 핵심을 말하라고' 하는 고함소리였다. 물론 모든 대화에서 핵심이 중요하다는 것은 인정한다. 그런데 수십 번 이야기하면 저절로 무엇이 핵심인지 정리가 될 법도 한데, 한 번도 스스로 핵심을 정리한 적이 없었다. 수십 번 보고 받고 나서 마지막에서조차 그 핵심을 정리해달라고 뚱은 보챘다. 김 부장은 그런 뚱을 보면서 어린 사내아이가 엄마에게 보채는 듯한 느낌이 들어 살짝 웃음이 나왔다.

어느 상황에서든 핵심이 중요하지만, 가끔 어떤 때는 핵심보다 핵심이 아닌 변두리가 더 중요한 케이스도 있었다. 이번처럼 재무위기 발생원인을 분석하다 보면 핵심에 대한 이해가 먼저 되어야 하지만 가끔은 '자잘한', 마이너한 부분에 대한 이해가 필요한 경우가 있기 때문이었다. 지구 대기의 대부분을 구성하고 있는 성분은 산소(O_2)와 질소(N)이지만, 지구 온난화를 이해하기 위해서는 대기 중에 극히 미량인 이산화탄소(CO_2)에 대한 이해가 필수적이다. 핵심만 이야기하라는 것은 현재 진행 중인 지구온난화를 설명하기 위해, 미량인 이산화탄소를 언급하지 말고 대기의 주성분(핵심)인 산소와 질소만을 이용하여 설명하라는 것과 같은 논리였다. 이런 뚱의 논리로 지구온난화를 설명한다면 산소(O_2)를 때렸더니 산소에 혹이 생겨 O_2(산소)가 CO_2(이산화탄소)로 변해 기후변화가 발생했다는 말도 안 되는 황당한 설명이 나오게 된다. CFO는 핵심도 잘 이해해야 하지만, 디테일에 대한 이해도 매우 중요했다. CFO는 사실을 곡해하지 말고, 있는 그대로 이해하고 경영진에게 보고하는 것이 중요하기 때문이었다. 그래야 문제해결에 적합한 해결책이 나올 수가 있었다. 지금처럼 핵심만 이야기하라고 아랫사람을 질책하면 아랫사람은 윗사람 심기에 거슬리지 않기 위해 '이산화탄소를 줄이기 위해 산소가 혹이 나지 않도록 사람들로 하여금 팔을 휘두르지 말라'는 엉뚱한 해결책을 내놓을 수도 있는 것이었다.

"그래 법정관리는 왜 교도소라고 한 거야?"

"워크아웃은 사설기관(금융기관) 주도인데 비해, 법정관리는 국가기관(법원)이 주도합니다. 따라서 법정관리는 워크아웃에 비해 절차의 강제성이 훨씬 강력합니다. 그 부분을 강조하다 보니 교도소라는 표현을 썼습니다. 이렇게 강제성이 강하다 보니, 법원에서 절차에 대한 검토가 길어지고, 그래서 법정관리는 워크아웃에 비해 유연성이 떨어진다고 평가받고 있습니다. 이로 인해 회사가 정상화되는 데까지는 워크아웃에 비해 통상적으로 시간이 많이 걸립니다."

■ 워크아웃과 법정관리 비교

구분	워크아웃	법정관리
성격	· 사적조정제도 · 당사자간 합의가 필요 – 기촉법, 채권은행협약, 대주단 협약, PF대주단협약, FTP	· 공적조정제도 · 법원 판결에 의한 강제성 – 채무자회생및파산에 관한법률(회생절차)
판단주체	· 주채권은행(채권금융기관)	· 법원
신청권자 등	· 주채권은행이 선정하여 추진 · '11년 법률 재제정시 회사와 협의(신청)절차 명시	· 회사, 채권자, 주주 등 (자본금의 1/10이상)
법적용 채권기관	· 금융기관 약 2,500여개 · 주요 법적용 제외기관 – 상거래채권자 – 새마을금고, 신협, 해외금융기관	· 모든 채권자 (국내외)
상거래 채권	· 정상결제	· 회생절차 신청전 채권액은 동결 * 채권동결로 협력업체 도산 불가피
경영자 관리인	· 일반적으로 경영자를 채권단이 선임 – 출자전환을 통하여 회사지배 – 약정을 통하여 경영진 선임에 관여 · 주요의사결정은 채권단 동의 필요 – 채권단 동의사항에 대하여 약정에 규정	· 채무자가 관리인이 되는 것이 원칙(법률에 규정) · 주요의사결정은 법원의 승인 – 일정금액 이상의 자금집행 등

채권재 조정 내용 등	· 적정차입금외 출자전환 등을 통한 채무경감 후 일괄 채권행사 유예 – 경제상황 등에 따라 탄력적으로 MOU 변경, 상황 호전시 채권단 EXIT, 출자주식 매각	· 존속형 상환계획 작성 (10년) – 10년간 지속적 차입금 상환 – 경제상황 변경 등에도 회생계획 변경 곤란
신규자금	· 협의회 결의에 의해 지원 – 신규자금지원 반대기관은 채권매수청구권행사 가능	· 자발적지원외 불가능 (특별한 법규정 없음) – 신규자금은 우선상환 (법률)
결의요건	· 총채권자 75%이상 (담보채권자 75% 별도결의 필요)	· 담보채권 3/4, 무담보채권 2/3, 주주 1/2
자산 건전성	· 신청시 은행 '고정'이하 처리 · MOU 체결 및 W/O plan 확정시 재분류 가능 * 자율협약, Fast Track : '정상'	· 신청시 은행 '추정손실' 처리 · 인가된 현금흐름으로 재분류 가능

회생절차의 빛과 그림자

"좋아, 좋아. 근데, 아직 둘 다 잘 모르는데 비교 설명하니 뭐가 뭔지 더 모르겠어. 다 필요 없고 워크아웃하게 되면 주채권은행이 우리를 어떻게 하는 거야?"

"보통은 은행이 우리에게 준 대출금을 출자전환하거나 대출원금 상환유예, 이자감면 및 면제, 단기 대출의 중장기전환 등 채무부담 완화를 위한 부채구조조정을 실시하게 됩니다."

뚱은 '이자감면', '채무면제' 이런 단어에 다리를 책상 아래로 내려놓고는 눈을 동그랗게 뜨고 김 부장을 쳐다보았다.

"워크아웃을 하면 채무를 면제해준다고? 그럼 대박이구먼? 그런 거면 빨리 해야 하는 거 아냐? 지금 우린 빚 갚을 돈도 없는데……. 생각할 필요도 없는 거 같은데."

"세상에 공짜가 어디 있겠습니까? 채권단협의회에서는 채무를 유예하거나 면제해주는 대신 감자, 자산매각, 주력사업 정비 및 영업전략 전환, 한계 계열사 정리 및 상호채무보증 해소, 신규자금 유입 등을 요구하게 됩니다. 대규모 감자를 할 경우, 현재 경영진이 경영권을 상실하게 됩니다. 또한, 회장 또는 대표의 사채출연이 필요한데, 이는 채권단의 자금지원으로 발생할 사회적 비난(정경유착, 도덕적 해이)을 누그러뜨리기 위함입니다.

〈워크아웃 전후 지분율 변화〉

기업명	워크아웃 시기	워크아웃 전최대주주(지분율)	워크아웃 후최대주주(지분율)
팬택	2006.12	박병엽 등(52.4%)	산업은행 등 채권단(75.4%)
금호타이어	2010.11	금호석유화학 등(47.31%)	우리은행 등 채권단(54.09%)

"사재 출연? 회장님이 자기 돈을 내야 한다는 거야? 에이…….

그러면 안 되지. 회장님이 30년 고생해서 모은 피 같은 돈을 내놓으라는 것은 좀 가혹한데……. 우리나라는 자본주의 사회고 우리 그룹은 주식회사인데, 가지고 있는 지분에 대해서만 책임지면 되는 거지 무슨 사재출연인가? 안 그래?"

뚱은 사재출연이라는 말에 강한 거부감을 나타냈다. 자기 돈을 내놓으라고 했을 때 좋아하는 사람은 아마 없을 듯싶다.

"부사장님 말씀에 100% 동의합니다. 우리나라는 자본주의사회이고 우리 회사는 주식회사니 지분만큼만 책임지면 되죠. 그런데 우리나라 과거 경영사를 보면 쥐꼬리만 한 지분을 가지고 엄청난 경영권을 행사했습니다. 어찌 보면 그것에 대한 책임이라고 볼 수 있을 듯싶습니다. 사재출연은 강제사항은 아니지만, 경영진의 경영실패로 인한 은행 또는 공적자금 투입에 대한 도의적 책임을 다한다는 차원에서 이루어지는 경우가 많습니다."

"사재출연은 한마디로 여론 무마용이네. 그래. 언론에서 정경유착이니 특혜니 이런 말을 듣는 것보다는 현 경영진이 책임을 지는 모습을 보여주는 것이 더 나을 듯싶어. 그럼 회장님의 사재출연은 얼마나 해야 하지?"

■ **사채출연관련 현황**(출처 : 김기식 의원 보도자료,13. 10. 6)

○ 워크아웃 기간 중 채권단 지원현황(2009년 ~ 2013년 6월)

– 총 120개 기업이 워크아웃을 신청했으며, 채권단은 총 10.4조 지원(유상증자 0.3조, 출자전환 4.5조, 신규여신 5.7조 등)

○ 워크아웃 기간 중 주주 및 기업 자구노력 현황(단위: 억원)

– 대주주의 사재출연이 채권단 지원액의 1%도 되지 않고, 유상증자를 포함해도 8.2%에 불과

구분	내 용	금액(억원)
주주	최대주주 및 특수관계자 유상증자	7,714
	기타주주 유상증자	1,099
	최대주주 및 특수관계자 사재출연	860
	소 계	9,673
회사	부동산매각	22,941
	유가증권 매각	14,130
	기타(사업부 통폐합 및 인건비 절감 등)	7,672
	소 계	44,743
합 계		54,416

○ 최대주주 및 경영진 변경 현황

(단위:개사)

구분	최대주주	경영진(임원)
변경	25	41
유지	95	79
합계	120	120

듣고 보니 뚱은 사재출연이 워크아웃이나 법정관리를 진행하는데 있어 여론전 입장에서 중요하다고 생각이 들었다. 대주주 또는 경영진의 부도덕성과 몰염치가 부각되면 충분히 지원해줄 수 있는 회사인데도 여론에 밀려 지원을 받지 못하고 회사를 날리는 경우가 종종 발생하고 있기 때문이었다.

"사재출연이 순수하게 회사 채무를 상환해주는 경우도 있지만 대부분은 회사 유상증자에 참여하는 형태로 이루어지고 있습니다. 결국은 유상증자에 어느 정도 참여하여 경영권을 유지할 수 있느냐가 관건인 것 같습니다. 최근 사례를 보면 2009년 이후 총 120개 회사가 워크아웃에 들어가 채권단으로부터 총 10.4조 원의 돈을 지원 받았는데, 사재출연은 860억 원 정도밖에 없었고, 유상증자까지 포함하면 8,800억 원 정도를 기존 대주주나 경영진이 부담했습니다. 반면에 최대주주가 변경된 경우는 25개 업체 정도로 약 80%의 기업의 최대주주가 유지되었으며, 41개 기업(34%)만 경영진을 교체했습니다. 사례에서 보시다시피 사재출연이 강제사항이 아니고 여론에 호의적으로 보여줄 수준으로만 이루어지면 되지 않을까 싶습니다."

김 부장은 이렇게 말하는 자신이 부끄러웠다. 회사가 이렇게 된 것은 어찌 보면 왕 회장의 개인 욕심 때문이었다. 전 재산을 출연해서라도 회사를 살려야 하지 않겠냐고 말을 하는 게 맞았다. 하지만 현재 경영진에게 월급을 받고 있고 인사권까지 쥐고 있는 상황에 바른 말을 하기란 사실상 불가능했다. 어차피 내가 다니는 회사가 사기업인데, 현 경영진에게 충성하는 것이 맞는 것 아니겠냐고 스스로 위안을 할 뿐이었다.

뚱의 선택

뚱은 잠시 눈을 감고 뭔가를 골똘히 생각했다. 뚱은 그럴 때면 마치 무당이 귀신을 만날 때처럼 주문을 외우듯 혼자서 무언가를 중얼거렸다. 그렇게 한참을 있던 뚱은 갑자기 눈을 동그랗게 뜨더니 김 부장에게 버럭 화를 냈다.

"이거저거 잘 알지도 못하는 걸 고민하니 머리만 더 아프네. 내가 너 보자마자 한 말이 있을 텐데……. 윗사람 머리 아프게 하는 그런 보고는 하지 말라고. 더 생각하기 싫으니 우리 바로 결론부터 이야기하자고. 김 부장이 생각하기엔 우리가 뭘 선택해야겠어?"

"결론부터 말씀드리자면, 법정관리로 가는 것이 좋을 듯싶습니다. 법정관리와 관련된 법률이 '통합도산법'인데, 2006년에 과거 제도들을 통합하면서 관련 법률을 대폭 손질했습니다. 그러면서 06년 76건이던 법정관리 건수가 11년 712건으로 10배 이상 증가했습니다. 법률 개정 이후 이렇게 법정관리를 선호하는 이유는 크게 2가지가 있습니다. 첫째는 DIP(Debtor In Position) 제도인데, 배임이나 횡령 등 중대한 과오가 없을 경우 원칙적으로 기존 경영진을 관리인으로 선임하여 경영권을 유지시켜주는 것입니다. 이걸 활용하면 경영진들이 당장 회사에서 쫓겨나지 않고 재기를 할 수 있는 발판을 마련할 수 있습니다. 두 번째는 감면채무 범위인데, 워크아웃은 채권단의 채무만 동결되는 데 반해, 법정관리는 모든 상거래 채무가 동결되어 감면채무범위가 넓습니다. 따라서 회사 재산을 유지하는 데 보다 더 유리하다고 사람들이 판단하는 것 같습니다. 최근 몇 가지 사례를 보면 D그룹과 W그룹 모두 워크아웃보다는 법정관리를 선택했습니다."

뚱은 현 경영진이 잘리지 않고 자리를 유지할 수 있다는 DIP제도에 귀가 솔깃했다. 재기를 하든 뭘 하든 자기가 여기에 있어야 뭘 해볼 수 있을 거라는 생각이 들었기 때문이었다.

"좋아. 계속해봐."

"기업들이 법정관리를 선호하는 이유 중에는 대한민국의 현실적인 감독당국 상황도 있습니다. 과거에는 은행들이 정부 감독당국의 말을 잘 들었지만, 국내 자본시장 개방 및 은행들이 주주가치 극대화를 경영가치로 중시하기 시작하면서 정부의 말을 잘 듣지 않게 되었습니다. 서로 손실을 덜 보려고 금융기관들이 자기 대출회수에만 급급해 의견충돌도 잦고, 또 돈 되는 것은 무조건 일단 팔려고 내놔 제값도 못 받고 팔리는 경우가 많거든요. 예전에는 은행들을 금융기관이라고 불러 공공기관의 하나처럼 인식했지만, 이제는 그렇게 부르지 않는 것만 봐도 알 수 있습니다. 국내 3대 은행[3](우리금융은 민영화 진행 중)의 주주현황을 봐도 외국인이 60% 이상을 차지하고 있는데, 이들을 정부가 직접적으로 통제한다는 것은 사실상 어렵다고 봐야 합니다."

"김 부장. 그럼 말이 안 맞잖아. 주주 60% 이상이 외국인이라면, 그 친구들은 우리나라 사람들이 아닐 텐데 왜 지주회장이나 은행장들을 마치 대한민국 정부가 임명하는 것처럼 기사가

3) 외국인 지분율(2014년1월말, WISFn) : KB금융 62.97%, 신한금융 63.68%, 하나금융 62.01%

나오는 거야? 그 친구들이 바보야? 금융이라면 우리나라보다는 몇 발짝이나 더 앞서나가 있는 최고의 전문가들일 텐데, 그런 부당한 대우를 참고 있을 사람들이 아니잖아? 국제소송감인데, 그 친구들이 참는 이유가 뭐지?"

"부사장님. 좋은 지적이십니다. 분명 지분율을 절반 넘게 가지고 있는데도 이들이 실질적인 경영권을 행사하지 못하는 이유는 재무제표를 보시면 알 수 있습니다. 은행 재무제표를 보면 부채가 자본에 비해 과도하게 많습니다. 남의 돈을 빌려서 대출해주는 은행의 영업특성상 어쩔 수 없다고 볼 수 있지만, 우리가 일반적으로 이야기하는 단순 자기자본비율로만 보면 모두들 10%[4]도 안 됩니다. 영업에 필요한 그 많은 돈들은 예금자들의 예금과 은행채를 발행한 것입니다. 예금이나 채권은 우리나라 법에 의해 보호가 이루어지기 때문에 아무리 지분율이 60%을 넘는다고 해도 우리나라 감독당국의 눈치를 볼 수밖에 없는 것입니다. 지분율이 60%라고 해봐야 재무제표 우측에서 차지하는 비율은 5~6%밖에 안 되는 것이죠. 완벽하게 경영권을 행사하려면 충분한 의무도 부담해야 하지만, 그러기에는 투자한 자본이 부족하다고

4) 2013년 9월말 단순자기자본비율 : KB국민 7.4%, 신한 8.2%, 우리 7.5%, 하나 6.8%

볼 수 있습니다."

뚱은 김 부장의 설명이 마냥 신기했다. 뭔가 복잡한 정치적 배경 또는 규제사항이 있을 것만 같았던 내용이 재무제표 분석을 통해 깔끔하게 설명이 된 것이었다. 회계가 숫자놀음인지만 알았는데, 회계를 알고 보니 갈수록 재미가 생기기 시작했다.

"김 부장의 설명을 듣다보니 답이 명확해지는 것 같아. 왜 요즘 법정관리 선택이 많아지나 했더니 다 이유가 있었구먼. 우리도 법정관리로 갈 수밖에 없겠어. 하이에나들로부터 그룹 재산을 보호하면서 빨리 정상으로 회복하려면 법정관리라는 튼튼한 법적 테두리 안에서 제값 받고 재산을 팔아 그 돈으로 빨리 빚을 갚는 것이 이 위기를 극복하는 최선의 방안일 듯싶어. 김 부장! 수고했어. 처음에는 맘에 안 들었지만, 내용이 좋으니 좋구먼. 법정관리 가는 걸로 결론부터 적어서 회장님 보고용으로 한 장 요약해줘. 오후에 회장님에게 보고해야겠어."

"네. 알겠습니다."

"그래. 수고했어."

김 부장은 뚱의 방을 나오고 나서 긴장이 풀려서인지 자기도 모르게 한숨을 쉬었다. 큰 고비를 넘긴 것 같은 기분이었다. 그러나 사실 이제부터 진정한 고비가 시작되는 것임을 김 부장도 알고 있었다. 회장님의 승인을 받게 되고 법정관리를 시작하게 되면 대박그룹은 그때부터 혹독한 겨울로 들어가게 될 것이다.

왕 회장의 진심

뚱은 김 부장이 나가고 나서 김 부장의 보고서를 면밀히 살펴보기 시작했다. 보고서를 면밀히 검토해본 결과, 김 부장의 말대로 '법정관리'로 가는 것이 여러 모로 타당해 보였다. 대박그룹이 법정관리라니……. 솔직히 뚱은 아직도 인정하고 싶지 않았지만 그러나 현실을 외면할 수는 없었다. 이젠 결정해야만 하는 시기였다.

오후 3시쯤 김 부장이 뚱의 방으로 한 장짜리 요약보고서를 가져왔다. 뚱은 보고서를 면밀히 살펴보고 곧바로 왕 회장에게 보고할 준비를 하기 시작했다. 그리고 모든 준비를 마친 후, 뚱은 오후 늦은 시간에 왕 회장을 방문했다. 뚱이 왕 회장 방문을 열었을 때, 마침 해가 석양으로 지고 있었다. 왕 회장은 뒤돌아 선 채 깊은 생각에 잠긴 듯 석양을 멍하니 쳐다보고 있었다. 뚱은 차분히 입을 열었다.

"회장님. 보고드릴 사항이 있습니다. 재무실에서 회사채 만기연장이 안 될 상황을 가정하여 대안을 검토해봤습니다. 아시는 상황이시겠지만, 대안 중에서 중점 검토사항은 부도 이후 워크아웃과 법정관리 중 어느 것이 더 유리할지에 대한 고민이었습니다."

뚱의 말에 왕 회장은 몸을 돌려 힘을 잃은 눈매로 뚱을 쳐다보았다.

"그래……. 장 부사장은 어떻게 더 나은 것 같소? 이리 죽나 저리 죽나 죽는 것은 매한가지일 터지만……."

모든 것을 포기한 듯한 회장의 말에 뚱은 서글픈 마음이 북받쳐 올랐다. 30년 생사고락을 같이 해왔지만, 그동안 한 번도 볼 수 없었던 모습들을 최근 너무나 자주 보고 있었다. 처음으로 우는 모습을 본 지가 얼마 되지도 않았는데, 오늘 같이 힘없는 목소리로 이야기하는 왕 회장의 모습도 처음이었던 것이다. 항상 자신만만하고 어딜 가나 당당했던 분이셨는데, 오늘 모습은 초로의 늙은이 같았다. 뚱은 그런 왕 회장에게 든든한 지지자가 되고 싶었다.

"회장님. 너무 걱정하지 마십시오. 이번이 끝이 아니고 또 다른 시작이라고 생각하시면 될 듯싶습니다. 법정관리 가서 자회사 몇 개만 제대로 처분하면 다시 시작할 수 있을 겁니다. 저희가 애당초 먹지 말았어야 할 떡을 잘못 먹어 체했을 뿐입니다. 체했다고 죽는 것은 아닙니다. 단지 병원에 며칠 입원해서 치료 좀 받으면 되는 것이라 생각합니다. 요즘은 제도가 좋아져서 법정관리 갔다고 해서 회장님이 물러나실 필요도 없다고 합니다. 그러니 힘을 내셔서 회장님이 우리를 올바른 길로 인도해주십시오."

"장 부사장. 내가 너무 잘못된 선택을 한 것 같아 미안하네."

"그렇게 약한 생각하실 필요는 없습니다. 전투에서 패배(敗北)는 병가(兵家)의 상사(常事)라는 말도 있지 않습니까. 제가 CFO로 부임해서 그룹 재무상황을 점검해본 결과, 우리는 다른 그룹과 다르게 충분히 재기할 수 있을 것이라는 확신이 생겼습니다. 앞으로 그룹 재기와 관련된 것은 저만 믿으십시오. 제가 꼭 2년 내에 회사를 정상화 시키겠습니다."

왕 회장은 뚱의 손을 꼭 잡았다. 30년을 같이 일해 왔으면서도 이렇게 듬직한 뚱을 왕 회장은 몰라보고 있었던 것이다. 그동안 자리도 잘 챙겨주지 못했던 자신이 너무 원망스러웠다.

"그래. 장 부사장. 당신만 믿겠소. 회사를 정상화시키는 데 최선을 다해주시오. 법정관리와 관련된 내용은 오늘 아침 비서실을 통해 비슷한 내용을 보고 받았소. 거기서도 법정관리가 나을 것 같다고 보고합디다. 두 군데 다 그러는 걸 보니 법정관리가 우리 그룹 회생에는 더 유리할 것이라는 판단이 나도 들었소. 내가 아무리 뛰어다녀도 내일 돌아올 회사채 만기는 못 막을 것 같아. 재무실도 부도 관련해서 준비를 철저히 하라고 말해주시오. 이제 거친 태풍이 우리 대박그룹에 몰아칠 것이니 잘 대비합시다. 장 부사장! 당신만 믿겠소."

"알겠습니다. 회장님. 최선을 다해보겠습니다!"

"장 부사장, 그리고 말일세……."

"예?"

잠시 고민하다가 말을 꺼낸 왕 회장의 모습이 그 어느 때보다도 무거워보였다. 하지만 왕 회장은 이미 결심한 듯 단호한 목소리로 뚱을 쳐다보며 말했다. 마치 친구같이 편한 말투였다.

"난 이번 위기를 잘 극복하면 이제 현장에서 은퇴할 생각이라네. 사실 회사가 이렇게 된 이유가 내 책임이 크다는 것을 누구보다 잘 알고 있어. 과유불급이라는 옛말도 있듯이, 내 욕심이 너무 과했던 것이라는 생각이 든다네. 이 늙은이 욕심으로 피해 입을 사람들을 생각하니 당장이라도 물러나는 게 맞지만, 내가 벌려놓은 일이니 내가 수습도 해야 할 것 같아 책임질 일을 다 처리하면 물러나도록 하겠네."

"회장님……."

왕 회장의 말에서 진심을 느낀 뚱은 괜히 자신의 어깨가 무거워지는 것을 느꼈다. 자신이 왕 회장을 말린다고 해도 소용이 없을 것이다.

"알겠습니다! 무슨 일이 있어도 반드시 회사를 살려내고야 말겠습니다!"

"그래. 자네만 믿겠네."

뚱은 회장실을 나오면서 앞으로 2년 동안 이 한 몸 불살라서 회사를 정상화시켜야겠다는 비장한 다짐을 했다. 그런데 사실 그러기 위해서는 현재 영업보다도 재무적 이슈를 잘 처리하는 것이 중요했다. 앞으로 발생하는 상황은 중환자를 수술하는 수술실에서 발생하는 응급 상황이 될 것이다. 하나하나 제대로 된 의사결정을 하지 않을 경우 회생은 불가능하다는 것을 뚱도 알고 있었다.

부도 1일째

김 부장은 홍보실에 보낼 보도자료를 작성하느라 어제 집에 들어가지 못하고 밤샘 근무를 했다. 잠깐 눈을 붙이고 눈을 떠보니 6시였다. 사무실 유리창을 통해 보니 어슴푸레 동이 터오고 있었다. 얄미운 해는 오늘도 어김없이 새로운 기운을 토해내면서 조금씩 얼굴을 들이밀고 있었다.

보통 채권만기일 날짜가 되면 오전에 주거래은행 당좌계좌에 오늘 회사채 원금 상환금액을 입금시키고 평안한 하루를 보냈을 텐데, 그런 여유를 오늘은 찾아볼 수 없었다. 눈을 뜨자마자 어제 작성한 보도자료를 다시 한 번 검토한 후 홍보실로 보냈다.

대박그룹이 부도나는 것이다. 어젯밤 그룹 전략회의를 통해 대박그룹은 현금이 모자라 더 이상 회사채와 CP 만기연장이 불가능하다고 판단했다. 왕 회장은 그룹 담당 로펌을 통해 서울지방법원 파산부에 파산을 신청하라고 연락했다. 오늘 하루는 정해진 각본에 따라 일사천리로 진행될 것 같아 보였다. 인터넷을 켜서 회사이름으로 키워드 검색을 하니 벌써부터 부도관련 기사가 하나둘씩 올라오고 있었다. 그리고 법정관리로 간다는 내용까지 속보로 뜨고 있었다. 이제 곧 회사 전체에 전화가 빗발칠 것이다. 홍보실에서 1차적으로 방어하겠지만, 디테일한 질문은 홍보실도 감당하기 힘들 것이었다.

거기다가 워크아웃을 생각하고 있던 관련 채권 은행 및 제2금융기관들은 뒤통수를 맞았다고 생각하면서 우리를 힐난하는 전화를 할 게 분명했다. 법정관리에 들어가게 되면 은행들이 대박그룹에 빌려준 금액 중 담보금액을 초과하는 것은 모두 부실(추정손실)처리가 될 예정이었다. 그럼 은행 손익에 막대한 영향을 끼칠 것이었다. 만약 워크아웃을 했다면 대출금액의 5%(요주의)만 손실을 인식하면 됐던 것이라 은행들의 원망의 목소리를 이해할 수 있었다.

■ **상장폐지 사유(유가증권시장 상장규정 제48조)**

1. 정기보고서(사업보고서) 미제출
2. 감사인 의견 미달 : 감사의견이 부적정 또는 의견거절, 관리종목상태에서의 한정의견
3. 자본 전액 잠식 또는 자본잠식으로 관리종목 지정 후 50% 자본잠식
4. 주식분산 미달 : 2년 연속 200명 미만 또는 일반주주 물량이 전체 유동주식수의 10% 미만
5. 거래량 미달 : 반기 거래량이 유동주식수의 1%미만일 때, 또는 관리종목 지정된 후 반기 거래량이 연속해서 1%미만일 경우
6. 지배구조 미달 : 2년 연속 사외이사 선임 의무 또는 감사위원회 설치 의무 위반
7. 매출액 미달 2년 연속 매출액이 50억 원 미만
8. 주가 미달 : 주가 미달로 관리종목 지정 이후 90일 이상 일정기준 주가 미달
9. 시가총액 미달 : 시가총액 미달로 관리종목 지정된 후 90일 이상 시가총액이 일정기준 미만일 경우
10. 해산
11. 최종 부도 또는 은행거래 정지
12. 지주회사 편입
13. 주식양도 제한
14. 우회상장기준 위반
15. 회생절차개시신청으로 관리종목으로 지정된 후 법원의 회생절차개시신청 기각, 회생절차개시결정 취소, 회생계획 불인가, 회생절차폐지의 결정 등이 있는 경우
16. 공시의무위반 등

부도가 났으니, 상장폐지도 같이 이루어질 것이었다. 법정관리를 했다고 상장폐지는 되지 않지만, 부도는 상장폐지 사유 중 하나이기 때문이었다.

그리고 이런 상황이니 감사인도 당연히 '계속기업가정 의문'으로 의견거절을 할 것이었다. 김 부장은 지금 발생하는 이 상황들이 각각 발생했으면 수습하기가 쉽지 않았을 텐데, 한꺼번에 발생하니 오히려 대응할 게 없어 쉽게 느껴지는 걸지도 모른다는 생각이 들었다.

김 부장은 오늘 오전 사항을 정리해 뚱에게 보고하기 위해 방문을 두드렸다. 뚱도 어제 퇴근을 못 했는지 잔뜩 부은 얼굴로 모니터 화면을 보고 있었다.
"김 부장. 바깥 상황은 어때?"

부은 얼굴에 안 어울리게 뚱의 목소리엔 긴장감이 깃들어 있었다. 하긴 이런 상황이 처음인 데다, 상황이 긴박하게 돌아가니 어떤 사람인들 긴장을 안 할 수가 없을 것 같았다. 김 부장도 처음 맞아보는 상황이었기에 긴장감을 늦출 수가 없었다.

"인터넷에 기사가 뜨기 시작했고, 지금 홍보실이나 재무실로 전화가 빗발치고 있습니다. 주로 언론사, 은행, 주주들인데, 저희가 마땅히 해드릴 답이 없어 죄송하다는 말만 하고 끊고 있습니다. 일부 소액주주들 같은 경우에는 욕설까지 하는 경우도 있어 전화 대응하는 데 애먹고 있습니다. 일정으로는 9시에 그룹 로비에서 회장님이 기자회견을 하실 예정이라 거기에 잠깐 참석하시면 되고, 오후에는 우리 그룹 담당 로펌과 법정관리 신청과 관련된 협의가 예정되어 있습니다."

"간단하구먼. 그래. 그러면 그 외에 우리가 할 일은 특별히 없는 건가? 회장님에게는 내가 법정관리만 들어가면 이 그룹을 회생시키겠다고 큰소리 치고 나왔는데, 너무 일이 없잖아?"

뚱은 풀어헤친 넥타이를 다시 정리하면서 김 부장을 채근했다. 김 부장은 이제는 뚱의 채근도 익숙해졌는지 능숙하게 다시 입을 열었다. 그런데 김 부장이 말하려고 하는 순간, 뚱이 먼저 말했다.

"잠깐, 잠깐. 일단 밥부터 먹고 오자고. 일단 밥을 먹어야 힘을 내서 뭐라도 할 수 있을 것 같단 말이지. 난 밥을 안 먹으면 아무것도 안 돼. 일도 못 하고."

"네. 알겠습니다."

김 부장은 미소를 띠며 답했다. 뚱의 이런 태도가 더 맘에 들었다. 아직 평상시의 유연함을 잃지 않았다는 증거이기 때문이었다. 긴장하고 경직되어서 어찌할 줄 모르고 우왕좌왕 하다간 회사의 존망을 가를 수도 있는 중요한 결정에서 자칫하면 실수할 수도 있었다. CFO가 현명한 결정을 하기 위해서는 어떤 상황에서든지 냉철하게 이성적으로 생각할 수 있는 능력도 필요했다. 그런 면에서 오늘 김 부장은 뚱에게서 CFO로서의 자격을 하나 더 발견한 듯했다.

기업의 가치를 유지하라

회사 앞에서 저렴한 백반을 먹은 둘은 빠르게 다시 자리로 돌아왔다. 뚱은 자리에 앉아 다시 입을 열었다.

"자, 아까 하려고 했던 이야기 계속해보라구."

"부사장님. 앞으로 CFO가 할 일이 많습니다. 우리가 이번에 한 것은 '회생절차 개시 신청'입니다. 우리가 신청한 '회생절차 개시 신청'을 법원이 받아들여 '개시 결정'을 승인해준다면 우리는 '회생계획안'을 작성해 법원에 제출해야 합니다. 이 '회생계획안'을 법원이 최종 인가를 해야 회생절차를 진행할 수 있는 것입니다. 이 과정에서 회사의 가치를 청산기업가치와 계속기업가치로 구분하여 산출하게 되는데, 만약 청산기업가치가 계속기업가치보다 높다고 법원이 인정하면 회생절차 신청은 기각되게 됩니다. 과거 사례를 보면 회생절차 신청이 기각된 사례는 많지 않지만, 회생절차 개시 후 회생계획안이 가결되지 못해 기각이 된 사례는 많습니다. 2012년의 경우 회생절차 개시 후 회생절차가 인가된 건수는 290건이나, 회생절차가 취소된 건수는 333건으로 인가될 확률이 50%가 채 안 됩니다. 그리고 인가 후에도 매년 기업가치를 평가받게 되는데 청산가치가 높을 경우 회생절차는 폐지됩니다."

〈2012년 회생사건 현황〉

개시결정전	인용	기각	기타	계
	585	81	120	786
개시후인가전	인가	취소		계
	290	333		623
인가후	종결	폐지		계
	86	104		190

출처. 2012년 사법연감

뚱은 조용히 말을 듣다가 어김없이 펜으로 책상을 치기 시작했다. 그리고는 펜으로 휙 김 부장을 가리켰다.

"청산가치는 뭐고 계속기업가치는 뭔가? 김 부장은 꼭 전문성을 드러내더라구……. 내 앞에서 지식 자랑하지 말라고 그렇게 이야기했건만, 그 고집을 버리지 않네. 거참……."

"죄송합니다. 매번 조심한다고 하는데도 꼭 이런 실수를 하게 되네요. 청산가치는 당장 회사를 시장에 내다 팔았을 때의 가치이며, 계속기업가치는 그 회사를 활용하여 벌 수 있는 현금의 현재가치입니다. 영업활동과 관련 없는 비사업용 자산일 경우에는 청산가치와 계속기업가치가 동일합니다. 이 자산을 받아줄 곳이 시장밖에 없으니까요. 하지만 사업용 자산인 기계장치, 지적재산권, 영업 능력, 브랜드 등은 청산가치와 계속기업가치가 다릅니다. 영업자산들을 활용하여 계속 물건을 생산해 파는 게 가능할 경우 이러한 영업자산들의 가치는 생산된 상품들 판매이익의 현재가치가 될 것입니다. 다시 말해 회사의 영업 능력이 훼손되지 않을 경우, 영업자산의 계속기업가치는 청산가치보다 높을 수밖에 없습니다. 청산가치는 말 그대로 고철값 정도인 거니까요. 회생절차에 들어가면 매년 법원이 선정한 조사위원으로부터 조사보고서가 작성되는데 이때 만약 청산가치가 계속기업가치보다 더 높게 나온다면 회생절차는 폐지가 되어 청산절차로 돌입하게 됩니다."

"결국 계속기업가치가 많이 나오려면 영업력의 훼손이 없어야 한다는 얘기구먼. 그리고 팔 수 있는 자산은 제값을 받고 팔아서 빨리 채무를 다 상환해야 하는 것이고 말이야. 그렇다면 법정관리 즉, 회생절차를 종결하려면 어떻게 해야 하지?"

〈회생절차 프로세스〉

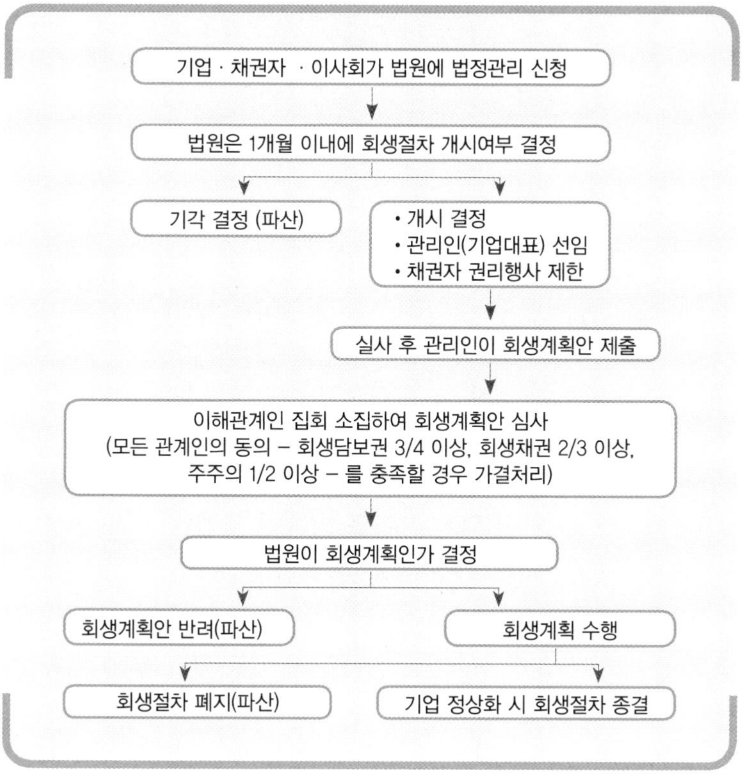

〈워크아웃 프로세스〉

■ 기촉법에 근거한 워크아웃 프로세스

주 채권은행은 부실징후기업에 관리절차 개시신청 여부를 통보

▼

통보 받은 부실징후기업은 워크아웃 진행 여부결정하여 관리절차 개시신청

▼

신청일로부터 7일 이내 채권금융기관 협의회(혹은 채권은행 협의회)에 소집 통보

▼

협의회(채권금융기관 · 채권은행)의
의결(채권액 기준 75% 이상 동의)을 거쳐서 MOU 체결 후 기업구조조정 개선작업 개시

아직 법정관리를 시작도 하지 않았지만 뚱은 법정관리의 마무리에 대해서도 듣고 싶었다. 그만큼 마음이 급했다. 하루 빨리 법정관리체계에서 벗어나 제2의 대박그룹 도약을 하고 싶은 마음이 굴뚝같았다.

“통합도산법(채무자 회생 및 파산에 관한 법률)에 따르면 회생계

획안에 따라 채무액의 대부분이 변제되고 정상적으로 영업활동을 영위할 수 있으면 통상적으로 법원으로부터 종결 판결을 받습니다. 그러면 법원관리에서 벗어나 우리가 독자적으로 경영할 수 있습니다."

"잠깐, 근데 말이야."

뚱은 설명을 들으면서 한 가지 의문사항이 생겼다. 법정관리를 하게 되면 채무를 감면받고 그렇다는데, 그런 절차에 대한 이야기가 나오지 않은 것이다.

"김 부장! 법정관리 들어가면 채무도 감면 받고 이자도 덜 내고 한다고 했던 것 같은데, 그건 언제 이루어지는 거야? 사실 그게 젤 중요하잖아. 돈 벌어 갚을 수 있는 빚 정도였으면 애당초 이런 일도 안 벌어졌을 테니까 말이지. 결국 지금 가장 중요한 것은 빚을 얼마나 감면 받느냐잖아? 김 부장의 보고에는 항상 핵심이 빠져 있어. 사실만 보고할 거면 보고하지 말라고 했지!"

"부사장님 말씀처럼 가장 중요한 부분이 빠졌습니다. 회생절차 개시결정이 나면 우리가 우선적으로 준비해야 할 게 회생계획안을 작성하는 것입니다. 회생계획안에 포함되는 내용 중 채무변제 계획을 작성하게 되는데 이때 채권자들과 협의해 채무감면 수준을 작성하게 됩니다. 이 협상을 할 때가 중요합니다. 우리나 채권자들이나 둘 다 벼랑 끝 전술인 거죠. 채권자와 우리가 둘 다 살 수 있는 절충점을 찾는 것인데, 이게 쉽지가 않습니다. 채권자는 당연히 더 받으려고 할 것이고, 우리는 조금이라도 부채를 줄여야 법정관리를 조기에 탈출할 수 있을 테니까요. 이 협상이 잘 진행되어야 하므로, 앞으로 채권자들과의 관계도 잘 이어가야 합니다. 돈을 빌려주기 전까지는 주는 쪽이 갑이지만, 일단 채권자가 돈을 준 후에는 을이 되는 게 세상사 이치인가 봅니다. 채권자 입장에서 파산보다는 회사를 살려서 더 받자고 하는 게 회생절차이므로, 파산 시 배당받는 금액과 실제 채무금액 사이의 적정선에서 타협을 해야 합니다. 우리가 너무 채권자들을 몰아세우면 관계자집회에서 회생계획안이 부결될 수도 있으니 조심해야 합니다. 회생계획안이 가결되기 위해서는 회생채권자의 2/3 이상, 회생담보권자의 경우 3/4 이상(청산일 경우 4/5 이상)의 동의가 필요합니다(통합도산법 237조). 부결이 된 경우에도 법원 직권으로 인가할 수 있지만, 그에 상응하는 조치를 취해줘야 합니다.(통합도산법 244조)"

"사람 만나서 협상하는 것은 내 전문인데……. 이런 일이 딱 스타일이긴 해. 관계자집회는 내가 전담으로 하면 되겠구먼. 간만에 월급값 할 일이 생겨 좋아. 색다른 영업이 되겠어. 협상은 나에게 맡기라구. 내가 다 해결하겠어!"

뚱은 자신의 일을 찾은 것이 무척이나 기쁜 듯 이 어려운 상황에서도 활기에 차 있었다. 그러나 김 부장은 회생계획안 작성에 들어갈 채무변제 계획과 변제 금액을 마련하기 위한 그룹 자산 매각 방안을 짤 생각을 하니 가슴이 답답해지는 것을 느꼈다. 어떤 자산을 매각하고 어떤 자산을 재기의 발판으로 삼을지 결정하는 것이 회사가 다시 재기하는 데 있어서 가장 중요한 핵심 요소였기 때문이다. 그런데 그룹 자산 매각에 있어 가장 큰 영향을 미치는 인물은 왕 회장이었다. 김 부장은 회장님과 자신의 생각이 제발 맞길 바랐다. 그렇지 않으면 회사의 회생은 한참 더 미뤄져야 할지도 몰랐다.

Chapter

5

자산매각

다시 처음부터

- 경영자의 책임
- 어쩔 수 없는 희생
- 왕 회장, 초심으로 돌아가다
- 매각에도 방법이 있다?
- M&A 시장의 큰 손 PEF

만성적인 후회는 가장 해롭다. 잘못한 일이 있으면 회개하자.
그리고 고칠 수 있는 일이면 고치자. 다음에는 그런 일이 없도록 노력하자.
잘못한 일은 언제까지 후회만 하고 있을 수는 없지 않은가.
빨리 몸과 맘을 씻고 새 아침의 들녘을 달리자.

•

A. L. 헉슬리

경영자의 책임

오늘날 회사는 단순한 경제적 이윤을 추구하는 도구 이상의 역할을 요구받고 있다. 회사의 파산은 고용된 직원들의 가정을 파괴하며, 규모가 큰 대기업의 경우에는 대기업이 소재하고 있는 지역경제에 심각한 악영향을 미치게 되었다. 대한민국 경제규모가 커지면서 기업은 더 이상 사적 소유물이 아니라 준공공제처럼 변해가고 있다. 이로 인해 한 회사의 몰락은 단순한 개인의 몰락이 아니라 사회적 문제로까지 발전하고 있다. 그래서 요즘은 경영실패에 대한 경영진의 책임을 더 중하게 물어가는 분위기로 변해가고 있는 중이었다.

이러한 사회적 분위기에 따라 왕 회장을 포함한 대박그룹 임직원들이 받은 정신적 고통은 엄청날 수밖에 없었다. 경영진은 여론의 뭇매를 맞은 것은 물론이거니와, 그룹 임직원의 비난에 시달렸고, 하루가 멀다 하고 찾아오는 사람들을 상대하느라 녹초가 되었다. 물론 직원들 또한 많은 고통에 시달려야 했다. 언제 잘릴지 몰라 고용 불안에 떨어야 했고, 수많은 문의 및 항의전화를 상대해줘야 했다. 게다가 대박그룹의 경우 사기CP 발행 등 민형사상 사건도 있어 갈수록 문제가 복잡해지고 있었다.

다행히도 대박그룹은 회생절차를 순차적으로 잘 진행되고 있었다. 대박지주가 로펌을 통해 회생절차를 신청한 지 일주일쯤 지나자 법원은 회사 재산에 대한 보전처분결정[5]을 내렸다. 보전처분결정 전 일주일 동안 관리위원회가 구성되었고, 채권자협의회도 결성되었다. 김 부장은 법원의 각종 자료 요청에 눈코 뜰 새가 없었고, 뚱은 담당 판사와 주요 채권자들 대응에 정신이 없었다.

그렇게 보전처분결정 이후 한 달이 지나자 법원은 회생절차 개시결정을 내렸다. 김 부장과 뚱이 사전에 예상했던 것처럼 관리인

5) 재산보전처분기업의 회생을 위해 잠시 동안 기업의 채무이행을 동결해주는 법원의 결정을 말한다.

은 현재 경영진이 임명되었다. 이에 대해 언론은 법원이 경영에 책임을 져야 할 사람을 다시 관리인으로 선임했다고 연일 기사화했지만, 법원의 결정에는 변함이 없었다. 사실 이 정도 논란은 '통합도산법' 시작 때부터 나왔던 해묵은 논쟁으로 처음부터 어느 정도는 각오하고 있던 것이라 새로울 것은 없었다. 이렇게 대박그룹은 힘겹게 법정관리의 첫 번째 문턱을 넘을 수 있었다.

김 부장과 뚱에겐 이제 회생계획안 작성에 총력을 기울여야 할 때가 왔다. 회생절차를 성공적으로 마무리하느냐 아니면 청산으로 가느냐를 가름하는 중요한 절차가 바로 회생계획안 작성이었다. 이때 채권자들과 채무조정에 대해 어떻게 협상하느냐에 따라 회생의 성패가 좌우될 수 있었다.

김 부장은 우선 채권자목록을 뚱에게 보고한 후 법원에 제출하기 위해 데이터를 작성하기 시작했다. 뚱은 자기 방에서 채권자목록을 주욱 훑어본 뒤, 자신이 직접 김 부장을 찾아갔다. 김 부장은 뚱이 뒤에 온 것도 모른 채 정신없이 키보드를 두드리고 있었다. 뚱은 김 부장 몰래 얼굴을 김 부장 옆으로 쓱 내밀었다.

"회생계획안 작성은 잘 돼가?"

"으앗! ……네. 그렇습니다."

김 부장은 갑자기 뚱의 얼굴이 옆에 나타나자 소스라치게 놀랐지만, 애써 침착함을 되찾았다.
'아니, 인기척이라도 좀 내주면 어디가 덧나나.'
뚱은 김 부장의 모니터를 점검하듯 면밀히 살펴봤다. 뚱은 남에게 일을 맡겨 놓고서 맘을 놓지 못하는 면이 있었다. 속칭 '장 대리' 스타일이었던 것이다. 보고서 문구 하나하나를 꼼꼼히 리뷰하면서 김 부장을 힘들게 했던 것도 모자라 이제는 보고서 작성까지 간섭하러 온 것 같았다. 김 부장은 일단 뚱도 알아두면 좋을 것 같아서 현재까지의 진행 상황을 보고했다.

"대부분의 작업은 주거래 로펌인 인도양에서 하고 있고, 저희는 데이터 제공과 채권자 목록을 정리하는 중입니다. 또한 채권자들과 함께 권리변경과 변제방법을 조율 중에 있습니다. 채권 종류에 따라 변제 방법이 다양한데요. 제일 걱정인 것은 우리가 발행한 회생채권 인수자인 CP채권자들입니다. 무담보로 발행된 거라 회수율이 가장 낮아 반발이 심할 것으로 예상됩니다."

뚱은 김 부장의 대답을 듣자 갑자기 얼굴이 붉으락푸르락해졌다. 더 이상 참지 못하겠는지 뚱은 김 부장의 의자를 휙 돌려서 자신을 정면으로 바라보게 했다. 그리고 김 부장의 어깨를 두 손으로 꽉 잡고는 도끼눈을 뜨고 또박또박 말했다.

"그건 걱정할 문제가 아니지. 너 채권자들 직접 다 찾아가봤어?"

김 부장은 갑작스런 뚱의 분위기 변화에 당황하면서 말을 겨우 이어갔다.

"아니요. 채권자들 숫자도 많고, 아직 채권자 현황을 파악 중이라 일대일 접촉까지는 못했습니다."

그러자 그럴 줄 알았다는 듯, 뚱이 따발총처럼 말을 이어갔다.

"그래. 바로 그게 문제야. 문전박대를 당하더라도 채권자들 문 앞에 찾아가서 망부석처럼 서 있으란 말이야. 반발이 심할 것 같으면 그 사람들에게 우리의 절실함을 보여줘야지. 그래야 그 사람들 마음이 변하지 않겠어? 사람은 말이야. 감정의 동물이라고. 논리적으로 통하지 않는 것도 감성적으로 통할 수가 있어. 세상 사람들은 당연한 일을 처리하는 것은 일로 봐주지 않아. 당연하지 않은 일을 성공시키는 거, 그게 일이라구. 지금 우리가 그 채권자들에게 당장 줄 것도 없잖아? 그러면 우리의 진심어린 사과가 담긴 마음을 전달하라구!"

"네. 네! 알겠습니다."

김 부장은 뚱의 눈빛이 부담스러운 듯 눈길을 피하며 간신히 대답했다. 그러나 뚱은 아직도 할 말이 남은 듯했다.

"내가 제일 싫어하는 게 책상에 앉아서 전화질로 일하는 사람들이야. 절박함을 보여야지! 직접 찾아가서 절박한 눈빛을 보내면서 이야기해보란 말이야! 그러고 나서 안 된다는 이야기를 해야지! 현장은 가보지도 않고, 책상에 앉아서 일의 성패를 이야기하는 게 말이 된다고 생각해? 채권자 현황이 파악되면 재무부 애들은 책상에 앉아 있지 말라고 전해. 다 침낭 메고 가서 그 사람들 앞에서 사인해달라고 드러누우라고 하란 말이야. 그렇게 안 하면 앞으로 재무부 애들은 사무실에 들어올 생각하지 마. 아예 내가 책상을 다 빼든지 해버릴 테니까. 알았어?"

"네!"

"뭐 불만 있으면 말해봐."

뚱은 이글거리는 눈빛으로 김 부장을 강하게 쳐다봤다. 그런데 사실 김 부장도 뚱의 고함을 들으면서 아차 싶은 생각이 들고 있었다. 영업조직에 비해 재무조직의 실행력이 떨어졌던 것이 사실이었기 때문이었다. 책상에 앉아 계산기를 두들기면서 재무업무만 수행하다 보니, 실제 그 업무가 어떻게 돌아가는지 그 자체는 별로 관심이 없었던 것이다. 관리부서들의 특징이긴 하지만, 매뉴얼에 있는 것을 파악하고 그 이상은 잘 고민하지 않았던 것이 분명했다. 뚱의 말을 듣고 생각해보니 현장을 반영하지 못하는 매뉴얼이 현장부서와 관리부서가 부딪히는 가장 큰 이유 중 하나라는 것을 금방 알 수 있었다.

"부사장님 말씀이 맞는 것 같습니다. 그동안 재무조직의 실행력은 떨어졌습니다. 회계기준이니 뭐니 각종 규정에 묻혀 그 이상을 보지는 못했습니다. 지금과 같은 비상시기에는 이러한 매뉴얼 이상의 알파를 이끌어내야 할 것 같습니다. 우리들의 재기 의지와 진실성을 채권자들에게 보여줘 채권자들의 양보를 이끌어내도록 해보겠습니다."

김 부장이 재무부서의 잘못을 솔직하게 인정하면서 말하자, 뚱도 만족했다는 듯 김 부장의 어깨를 놓아주고는 허리를 폈다. 그리고는 뚱도 김 부장에게 솔직히 모르는 것을 털어놓았다.

"김 부장이 오랜만에 한 방에 말귀를 알아들어서 좋구만. 이제 손발이 좀 맞아 들어가는 것 같아. 그런데 말이야. 지금 이야기를 들어보니 회생계획안을 짤 때 우리 채권자들이 다 균등하게 보상받도록 하는 게 아닌가? 회생계획안은 그렇게 짜야 되는 줄 알고 있었는데……. 채권자 종류에 따라 보상받는 비율이 달라?"

뚱은 김 부장이 회사채나 CP 채권자들이 다른 채권자들에 비해 불이익을 받는다는 이야기를 듣고 그 이유가 궁금했던 찰나였다. 김 부장은 친절히 뚱의 말에 답해주었다.

"통합도산법에 보면 회생절차의 이해관계자를 회생채권자, 회생담보권자, 주주 · 지분권자 이렇게 3가지로 구분하고 있습니다. 쉽게 말씀드리자면, 회생담보권자는 채무에 대해 담보가 있는 사람들이고, 회생채권자들은 담보가 없는 사람들입니다. 이걸 좀 더 세부적으로 우선순위를 정해보면, 일단 근로자임금이나 자재구입비 같은 공익채권을 최우선적으로 변제하고 두 번째는 아까 말씀드렸던 담보권이 있는 회생담보채권이 변제됩니다. 그 이후로 회생채권인데, 회생 채권 중에서도 조세 채무와 같이 우선권 있는 회생채권이 먼저 변제되고 그 이후 상거래채무, 그리고 마지막으로 회사채나 CP 같은 채무 순서입니다. 만약 주식전환권이나, 신주인수권부사채 같은 경우에는 채무가 소멸되는 사례도 있습니다. 이런 상황이다 보니, 회사채나 CP를 보유하는 사람들이 불안해하고 금감원에 가서 시위도 하고 그러는 것입니다. 우리에게는 좋은 것이고, 채권자들에게는 불리한 것이 회생절차 개시 후에는 통상적으로 이자는 면제가 된다는 것입니다."

■ 채권자별 상환 우선순위

① 공익채권(근로자 임금, 자재구입비, 조세채권 일부)
② 회생담보채권
③ 우선권 있는 일반 회생채권(조세 채무)
④ 상거래 채무
⑤ 회사채(주식전환권, 신주인수권부사채 등은 소멸되는 사례가 있음)
⑥ 주주 · 지분권자

"회생절차 개시 후 이자가 면제된다는 소리는 듣던 중 반가운 소리구먼. 근데 우리 채무 중에 왕 회장님과 관련된 채무도 있던데, 그런 것은 어떻게 되나?"

뚱은 지난번 자금난이 심해졌을 때 왕 회장의 돈이 회사에 투입되었다는 사실을 떠올렸다. 형식은 대여금 형태였다. 뚱은 개인적으로 이 빚잔치에서 왕 회장의 돈을 지켜주고 싶었다.

"회사의 주주는 경영에 책임을 져야 합니다. 채무 중에 특수관계자 채무는 보상받기가 힘듭니다. 형식적으로는 대부분이 출자전환 되지만, 그 이후에 자본 감자 및 주식병합 등의 절차를 통해 회수가 거의 불가능하다고 봐야 합니다."

"그런가……. 그래. 알았네."

어쩔 수 없는 희생

뚱은 김 부장의 답변을 듣자 눈을 지그시 감았다. 어떻게든 왕 회장을 지켜주고 싶었지만, 현실적으로 불가능한 것 같았다. 그러나 뚱은 할 수 없는 것은 빠르게 포기하고 일단은 더 중요한 것부터 하기로 마음먹었다. 우선은 회사를 살리는 것이 더 중요했다.

"근데 이자부담은 채무조정을 통해 줄었다 치고, 채무를 변제하려면 돈이 있어야 하는데, 그 돈은 다 어디서 나는 건가? 지금 회사가 이 난리가 나서 앞으로 영업환경은 더 안 좋아질 건데, 영업이익으로는 그 많은 빚을 짧은 기한에 다 갚기는 힘들 것 같은데 말이야."

뚱은 채무감면과 이자 지급을 면제받아 좋다고 생각했지만, 한편으로 채권자들에게 갚을 빚을 생각하니 막막해지는 것을 느꼈다.

“법에서 정한 변제기한은 최대 10년입니다. 10년 이내에 빚을 다 갚을 수 있도록 회생계획안을 작성해야 하고, 회생절차를 조기 종료하려면 최대한 초반에 빚을 많이 갚아야 합니다. 그러려면 지금 우리가 가지고 있는 자산 중에 어떤 것을 팔고, 어떤 것을 향후 그룹의 비즈니스로 가져가야 할지 결정해야 합니다. 물론 이 부분은 저희가 판단할 수 없고, 회장님의 결단이 필요한 부분이라 부사장님이 가셔서 이야기를 듣고 오셔야 할 것 같습니다. 그리고 당장 추가로 나가는 이자비용이 없어, 현재 영업력이 지속된다면 대박그룹은 충분히 승산이 있다고 생각합니다. 대박그룹이 이렇게 된 이유는 결국 과도한 채무로 인한 단기 유동성 위기가 온 것입니다. 사람으로 치면 고지혈증으로 혈관이 막힌 것이니, 혈관만 뚫어주면 대박그룹은 제 개인적인 생각으로는 문제가 없습니다.”

뚱은 김 부장의 말이 맞다고 생각했지만 김 부장이 아직 미처 말하지 못한 부분을 정확히 찔러 들어갔다.

"김 부장은 진짜 일할 줄 모르네. 내가 그렇게 이야기했건만……. 결정은 회장님이 하시더라도 우리의 안이 있어야 할 것 아냐? 내가 그냥 가서 '어떻게 할까요?' 이러면 우리가 왜 필요해? 우리도 우리의 안을 만들어서 가야지!"

김 부장은 뚱의 성격이 정말 급하다고 생각했다. 아직 자신이 듣지 못한 부분에 대해서는 상대방이 준비를 하지 못했다고 자연스레 생각하는 것이었다. 김 부장은 당연히 회장님 보고 시에 재무부 안을 만들어 갈 생각이었다. 사실 뚱에겐 아랫사람을 못 믿는 경향이 있었다. 무슨 일이든 모든 결정은 자기가 다 해야 하고 자기가 항상 옳다고 생각했다. 그렇게 일을 맡기지 못하고 본인이 다 하다 보니 뚱은 항상 부지런했다.
그러나 생각해보면 모든 사람에겐 공평하게 하루 24시간만 주어질 뿐이고, 그 24시간을 최대한 잘 활용해야 한다. 그러려면 본인이 일하는 것보다 아랫사람에게 권한위임(Empowerment)을 하는 것이 필요했다.
물론 지금 뚱이 맡은 일이 영업일이었다면, 뚱도 자기가 잘 아는 일이다 보니 권한위임을 했을 것이다. 그렇지만 재무 일은 처음이다 보니 자기도 잘 몰라 불안한 것 같았다. 그래서 사사건건 참견을 해서 자기가 이해를 먼저 하고 일처리를 하는 것이었다.

김 부장 또한 다년간의 직장생활을 통해 뚱의 마음을 이해 못 하는 건 아니었지만, 이런 일로 자주 부딪히는 게 피곤한 것은 어쩔 수 없었다.

"간단히 말씀드리자면, 대박그룹 재무부 안은 최대한 회사 자산을 매각하지 않고 빚을 갚자는 것입니다. 문제는 채권단입니다. 그들은 회사 자산을 빨리, 그리고 최대한 많이 팔아 당장 빚을 변제 받기를 원하고 있습니다. 이 둘 사이에 절충이 필요합니다."

"그걸 답이라고 해? 그걸 누가 몰라? 구체적으로 그러면 그 절충안이 무엇인지를 말해야지, 바빠 죽겠는데 그렇게 대답하면 어쩌라구?"

김 부장은 이러한 뚱과의 대화에 어느 정도 면역이 되어서인지, 처음 대할 때에 비해 마음의 상처를 덜 받고 있었다. 이젠 이 정도의 꾸짖음으로는 마음의 평정심을 잃지 않고 김 부장 자신의 생각을 차분히 전달할 수 있는 경지에 이른 것이다.

"좀 더 구체적으로 말씀드리면, 현재 채권단이 팔기 원하는 회사는 '대박글로벌'과 '대박전자'입니다. 채권단은 지금 당장 시장에서 잘 팔릴 수 있는 것을 팔아 돈을 빨리 회수하고 싶은 것입니다. 하지만 부사장님도 잘 아시다시피 대박글로벌과 대박전자는 대박그룹의 모태회사로 이걸 팔면 결국 청산하자는 것과 마찬가지입니다. 그래서 우리 쪽은 '대박건설', '대박에너지', '대박풍력', '대박캐피탈'과 같이 최근에 인수했던 회사들 위주로 매각을 하겠다고 채권단을 설득하고 있습니다. 그런데 요즘 건설경기가 안 좋고 신재생에너지 사업도 바닥인지라, 이런 회사들이 시장에 나오면 제값 받고 팔릴지 의문이어서 협상에 난항을 겪고 있습니다."

"그런 사안이면 회장님 말씀을 들을 필요도 없어. 그건 우리의 안을 당연히 관철해야지. 그렇지 않아?"

뚱은 당연한 사안을 물어보는 것 같아 관심을 기울이지 않았지만, 김 부장은 과거 건설과 신재생에너지 사업에 왕 회장이 보였던 큰 관심을 기억하고 있어 왕 회장의 의견을 들어봐야 한다고 생각했다. 왕 회장은 다른 생각을 할 수도 있기 때문이었다.

"저도 부사장님과 동일한 생각으로 당연히 건설과 신재생에너지 사업을 접어야 한다고 생각하지만, 회장님이 최근 이쪽 사업들에 보였던 열정과 애정을 봤을 때, 우리 안을 그대로 작성해도 될까 하는 조심스러운 면이 있었습니다."

뚱도 김 부장의 말을 듣다 보니, 왕 회장의 생각이 궁금해졌다. 어차피 이 회사는 왕 회장의 것이니 그가 어떤 의사결정을 내리든 부하들은 충실히 거기에 따라야 하는 것이었다. CFO라는 역할은 왕 회장의 의사결정을 위해 최적의 정보를 제공하는 역할에 지나지 않았다.

"그렇구만. 알겠네. 김 부장. 간단히 현재 상황과 자산 매각 방안을 작성하여 보고 준비하도록 해. 저녁에 회장님을 뵈야 할 것 같으니까."

왕 회장, 초심으로 돌아가다

늦은 저녁. 왕 회장은 눈을 감고 소파에 앉아 있었다. 무척 피곤한 기색이었다. 어제 아침부터 이틀 동안 검찰에 불려가서 사기 CP 발행과 관련해 참고인 조사를 받은 후였다. 지금이야 참고인 조사지만, 언제 피의자 신분으로 바뀔지 모르는 상황이었다. 언론에서는 연일 대박그룹 회사채와 CP를 매입한 사람들의 절규를 보도하고 있었다. 그리고 여론에 따라서 왕 회장은 검찰에서 강도 높은 조사를 받게 되었다. 어제오늘 왕 회장은 검찰 조사 이후, 회사에 돌아오자마자 로펌과 향후 대응방안에 대해 논의를 했다. 그 회의가 좀 전에 끝났고 이제야 한숨을 좀 돌리려는 참이었다. 그런데 휴식을 채 취하기도 전에 노크 소리가 들려왔다.

"회장님. 잠깐 드릴 말씀이 있어 왔습니다."

사실 뚱은 회의 전부터 와서 기다리고 있는 중이었다, 로펌 변호사들과 그룹 법무실 직원들이 나가자마자 뚱은 회장실의 문을 노크했다. 왕 회장은 피곤했지만 애써 몸을 일으키며 들어오라고 말했다.

"그래, 무슨 일인가? 요즘 채권자들 대응하느라 고생한다는 이야기는 들었네. 나 때문에 고생이 많구만."

한눈에 봐도 왕 회장은 지친 기색이 역력했다. 보통 강도 높은 검찰 조사를 받게 되면 수사관들과 검사들의 모욕적인 언사를 몇 시간 동안 감당해야 한다. 왕 회장도 그런 말들에 많이 충격을 받은 듯했다. 뚱은 진심으로 왕 회장을 걱정하면서 말을 건넸다.

"회장님 고생에 비하면 제가 하는 일은 아무것도 아닙니다. 얼굴이 많이 수척해지셨네요. 회사를 살리는 것도 중요하지만 건강도 꼭 챙기실 바랍니다. 회장님이 있어야 이 회사도 있는 거니까요."

"그래. 고맙네……."

"회장님. 힘드시면 내일 아침에 찾아뵙도록 하겠습니다."

"아닐세. 지금 얘기하게. 내일은 또 일이 어떻게 될지 모르는 거니 말이야."

"알겠습니다. 다름이 아니라, 회생계획안을 작성 중인데 자산 매각을 통해 채무를 우선적으로 변제한다고 제안을 할 예정입니다. 그런데 채권단에서는 지금 모태기업인 대박전자와 대박글로벌을 매각하라고 압박하고 있습니다. 그러나 그 두 기업을 팔게 되면, 저희는 회생할 수 있는 가능성이 극히 낮아지게 됩니다. 따라서 저희는 최근에 인수했던 건설과 신재생에너지 사업을 매각했으면 합니다. 회장님 생각은 어떠신지 해서 의견을 구하려고 왔습니다."

왕 회장은 뚱의 이야기를 듣자 한숨을 푹 내쉬면서 소파에 다시 몸을 기댔다. 그리고는 한참을 멍하니 천장을 바라보다가 천천히 입을 열었다.

"괜한 욕심이었지. 그때 대박건설을 인수하지 말았어야 하는데……. 이젠 너무 멀리 와버렸어. 장 부사장. 이번에 참 좋은 경험 많이 하고 있다네. 이제 와서 후회한들 무슨 의미가 있겠냐마는 …….”

“…….”

왕 회장은 진심으로 후회하고 있었다. 뚱은 어떻게 위로를 해야 할지 몰랐기에 가만있을 수밖에 없었다. 왕 회장은 다시 말을 이었다.

“일단 나도 당신 의견대로 대박글로벌과 대박전자는 가능한 남겼으면 한다네. 우리가 가장 잘하는 사업이고, 빚을 갚으려면 현금이 계속 들어와야 하지 않겠나? 농부가 아무리 배가 고파도 씨앗을 먹지 않는 것처럼 말일세. 채권자들도 잘 설득하면 우리의 뜻을 이해해줄 거라고 생각하네. 그리고 중요한 것은 무엇을 팔든 우리는 채권자들의 빚만 갚아주면 된다는 사실일세.”

“맞습니다. 사실 생각해 보면 채권자들 빚만 잘 갚아주면 되는 거지, 그쪽에서 무엇을 팔든 무슨 상관입니까? 그들의 걱정은 단지 잘 안 팔릴 것이라는 생각 때문인데, 제가 그 편견을 깨보겠습니다.”

"장 부사장. 아니, 뚱."

"네."

"우리 자회사들을 최대한 비싸게 팔 수 있겠나? 부탁하네. 빨리 이 위기를 탈출하기 위해선 장 부사장의 능력이 필요해. 장 부사장만 믿겠네."

뚱은 왕 회장의 강한 신뢰의 눈빛에 더욱 강한 자신감을 얻었다. 안 그래도 왕 회장이 부탁하고 있는 것은 뚱이 가장 자신 있어 하는 영업 분야였다. 뚱은 어깨를 쭉 피고는 큰 목소리로 대답했다.

"알겠습니다! 제가 원래 파는 것은 잘했지 않습니까? 걱정하지 마십시오. 옛 실력을 한 번 발휘해보겠습니다."

뚱은 왕 회장 앞에서 두 주먹을 들어 올리면서 불끈 쥐어 보였다. 왕 회장은 그런 뚱에게 신뢰의 미소를 지어 보였다.

매각에도 방법이 있다?

뚱은 보고를 마치고 나오자마자 김 부장에게 연락했다. 회사가 안 좋은 상황이었음에도 불구하고, 왕 회장이 자신을 신뢰하는 말을 해주니 기분이 좋았다. 뚱의 성격상 이렇게 기분이 좋을 때, 그리고 자신이 가장 잘할 수 있는 일이 맡겨졌을 때는 1초도 지체할 수가 없었다.

"김 부장! 내가 회장님한테 자회사 매각에 대한 의견을 지금 물어봤는데 재무부의 의견과 같다고 말씀해주셨어. 그러니까 지금 하는 일 다 중단하고, 대박그룹이 보유하고 있는 자회사들을 최대한 비싼 값으로 팔 방법을 강구해봐. 물론 대박전자와 대박글로벌은 빼고 말이지. 지금 내가 김 부장한테 갈 테니까, 빨리 나한테 말할 걸 준비해놔. 끊는다."

김 부장이 미처 대답하기도 전에 이미 전화는 끊어져 있었다. 뚱은 마치 사탕을 받아 쥔 어린아이처럼 들떠 있는 듯했다. 김 부장은 그런 뚱이 황당했지만 이미 이 정도는 애교로 봐줄 수 있는 여유가 생겨 있었다.

"어디 보자……. 뭐라고 말하지?"

고민하는 척했지만 사실 김 부장은 이미 머릿속으로 답을 내리고 있었다. 어차피 회생계획안을 작성하기 위해선 그 안에 채무상환자금을 어떻게 조달할 것인지에 대한 내용도 들어가야 했다. 자회사 매각 계획을 진행시키면서 채무상환자금 조달방법에 자회사 매각 계획을 포함시키면 모든 것이 수월해질 것이라는 생각이 들었다.

얼마 지나지 않아 뚱이 잰걸음으로 재무부에 들어왔다. 그리고 들뜬 표정으로 김 부장에게 말을 건넸다.

"회장님께서 무슨 수를 써서라도 최대한 비싸게 팔아보래. 회장님이 나만 믿는다고 하셨어. 그 믿음이 헛되지 않다는 것을 반드시 보여주고 말 거야. 근데, 김 부장! 회사는 어디다가 파는 거야? 시장이 어딨어?"

"부사장님. 일단 대박지주가 회생절차를 진행 중입니다. 법원으로부터 재산보전처분이 내려진 이상 우리 뜻대로 회사의 자산을 매각할 수가 없는 상황입니다. 따라서 자산을 매각하려면 법원의 허가부터 받아야 합니다."

"그래? 그러면 법원의 허가는 어떻게 받아야 하는데?"

"법원의 허가를 받으려면 채권자들의 동의가 필요하긴 하지만, 채권자들의 동의가 없더라도 법원 직권으로 팔 수도 있긴 합니다. 물론 반대하는 채권자들에게 납득할 만한 보상을 해줘야 합니다. 가장 중요한 것은 지금 자회사를 매각해야 채권자들에게 최대한의 보상을 할 수 있다는 논리를 펴야 한다는 것입니다."

뚱은 대박그룹 자산을 회사의 뜻대로 팔 수 없다는 말에 조금 좌절하긴 했지만, 뚱 특유의 단순함과 추진력으로 이 문제를 해결하려고 했다.

"법원의 허가는 로펌 애들이 받아줄 거야. 그래서 비싼 돈 주고 유능한 변호사들 쓰는 거 아니겠어? 그러니까 일단 매각 허가를 받았다 치자고. 그럼 도대체 회사는 어디 시장에 파는 거야?"

김 부장은 뚱의 표정을 보면서 자신도 모르게 웃음이 나왔다. 뚱은 지금 당장 회사 간판을 등에 매고 남대문시장에라도 팔러 나갈 기세였다. 김 부장은 터져 나오는 웃음을 겨우 참으며 차근차근 설명했다.

"부사장님. 회사는 시장에 물건 팔 듯이 파는 것은 아니고 거간꾼을 통해 팔고 있습니다. 거간꾼은 우리말이고, 보통은 브로커라고 하죠."

"브로커? 사기꾼들을 통해서 회사를 판다구? 그건 아니지……."

뚱은 브로커에 대한 불신감을 드러냈다. 사실 한국에서 브로커는 예전부터 안 좋은 이미지가 강했다. 과거 거래를 중개했던 사람들이 중간에서 농간을 피워 부당한 이익을 많이 취했기 때문이었다. 뚱은 특히 전문가에게 수수료를 주는 것에 대해 너무 아까워하는 스타일이었다. 김 부장은 그런 뚱을 안심시키기 위해 말을 이어나갔다.

"여기서 브로커는 사람을 말하는 것은 아니고, 증권사입니다. 증권사 IB팀(매각 주간사)이 우리가 팔려고 하는 회사의 잠재적 매수자를 물색해주고, 거래를 붙여 회사를 적정 가격에 팔 수 있도록 도와주고 있습니다. 따라서 우리가 가장 먼저 할 일은 매각 주간사 선정입니다. 이후 매각 절차는 선정된 주간사가 알아서 진행해줄 것입니다. 다만, 조심해야 할 점이 있습니다."

"그게 뭔데?"

"우리도 M&A 시장에 대한 이해가 있어야 한다는 것입니다. 그래야만 주간사에 휘둘리지 않고 거래를 성사시킬 수 있습니다. 우리 나름대로 우리 회사의 가치를 측정해놔야 제 값을 받을 수 있다는 것입니다. 주간사의 경우 우리 회사 사정도 잘 모르고 얼마에 팔지 관심도 없습니다. 어차피 성공보수 개념으로 거래가 성사되면 수수료를 먹는 회사라 무조건 팔려고 할 것이고 그러다 보면 우리 회사를 헐값에도 팔 수 있습니다."

■ **2013년 M&A 재무자문 리그 테이블**(출처: 인베스트 조선)

○ 리그 상위에 골드만삭스, JP모건, 모건스탠리 등 해외 투자은행이 랭크되어 있음

[M&A] 재무자문

〈발표(Announced)〉 (2013년 12월 누적)

순위	자문사	금액 (KRW/백만)	건수	점유율	2012 년순위
1	골드만삭스	6,051,575	5	16.54%	1
2	JP모간	3,765,455	4	10.29%	3
3	삼성증권	3,740,214	7	10.23%	–
4	삼일PwC	3,070,970	25	8.40%	–
5	크레디트스위스	2,951,200	4	8.07%	–
6	모간스탠리	2,713,925	7	7.42%	5
7	씨티글로벌마켓	2,256,880	5	6.17%	8
8	KDB대우증권	2,101,410	5	5.75%	–
9	딜로이트안진	1,856,074	15	5.07%	9
10	바클레이즈	1,839,595	1	5.03%	6
11	언스트앤영	966,319	14	2.64%	–
12	KB투자증권	907,760	3	2.48%	4
13	삼정KPMG	733,524	9	2.01%	2
14	산업은행	728,007	4	1.99%	–
15	우리투자증권	453,025	2	1.24%	–
16	로스차일드	439,151	1	1.20%	7
17	한국투자증권	430,025	1	1.18%	–
18	노무라	430,025	1	1.18%	–

〈완료(closed)〉

순위	자문사	금액(KRW/백만)	건수	점유율	2012년 순위
1	골드만삭스	4,800,432	5	17.85%	–
2	모간스탠리	3,629,522	7	13.49%	–
3	JP모간	2,809,034	3	10.44%	–
4	삼성증권	1,933,280	5	7.19%	–
5	바클레이즈	1,839,595	1	6.84%	–
6	삼일PwC	1,805,319	24	6.71%	–
7	딜로이트 안진	1,787,398	13	6.65%	–
8	하나대투증권	1,241,457	2	4.62%	3
9	우리투자증권	1,214,958	2	4.52%	4
10	크레디트스위스	975,581	2	3.63%	1
11	노무라	737,373	2	2.74%	–
12	스탠다드챠타드	646,373	1	2.40%	–
13	로스차일드	439,151	1	1.63%	10
14	산업은행	432,749	5	1.61%	6
15	로커스캐피탈	413,242	2	1.54%	–
16	씨티글로벌마켓	386,880	1	1.44%	–
17	BofA메릴린치	329,208	1	1.22%	6
18	삼정KPMG	285,780	7	1.06%	2
19	언스트앤영	238,843	6	0.89%	–
20	HMC투자증권	184,247	3	0.68%	–
21	맥쿼리증권	162,000	1	0.60%	5
22	KDB대우증권	131,410	2	0.42%	–
23	HSBC	126,903	1	0.47%	–
24	동양증권	117,000	1	0.43%	–
25	큐더스	94,125	5	0.35%	–
26	미래에셋증권	67,247	1	0.25%	–
27	KB투자증권	37,760	1	0.14%	–
28	현대증권	19,872	1	0.07%	–
29	스시어스	6,000	1	0.02%	–
30	신한금융투자	4,800	1	0.02%	6

* 금액–건수 순서로 비중부여

뚱은 자기가 직접 살 회사를 찾아 딜을 진행하고 싶었는데, 주간사라는 것을 중간에 끼운 채 딜을 진행해야 한다는 말에 적잖게 실망했다.

"내가 직접 돌아다니면 안 되는 거야? 학연 · 지연 등 내 네트워크를 총 동원하면 살려고 하는 회사를 찾을 수 있을 것 같은데, 그러면 안 돼? 내가 이런 데다가 써먹으려고 동문회에 갖다 준 돈이 얼만데! 이럴 때 잘 써먹어야지."
"부사장님. 안타깝지만 그럴 수가 없네요. 회사를 사고파는 절차는 생각하시는 것보다 복잡합니다.

"그런가……. 아쉽구만."

뚱은 회사를 잘 팔 수 있을 거라는 자신감에 가득 차 있었다. 그런데 막상 자신의 세일즈 능력을 발휘할 기회가 사라졌다고 생각하니 못내 아쉬웠다. 그래도 지금 해야 할 일이 있었기에 뚱은 곧바로 정신을 차렸다.

"아무튼 그래서 그들을 통해서 회사를 비싸게 팔 수는 있는 건가?"

"회사를 비싸게 팔기 위한 방법이 있습니다. 바로 회사를 살 만한 잠재 매수자들을 많이 찾아서 흥정을 붙이는 것입니다. 국내 회사의 경우 삼성증권, 대우증권 등 중대형 증권사들이 이런 업무를 수행하고 있고, 글로벌 회사는 Goldman Sachs, UBS, Citi 글로벌 등이 있습니다. 실제 큰 매각 거래는 글로벌 회사들이 독차지하고 있습니다. 왜냐하면 자금력과 글로벌 네트워크에서 우리나라 회사들을 압도하고 있기 때문입니다. 요즘은 우리나라 회사 매물이 나와도 외국 자본에 많이 팔려가고, 우리나라 회사가 인수한다 하더라도 인수 자금 중 상당부분은 해외 투자자로부터 조달 받는 경우가 많이 있습니다."

M&A 시장의 큰 손 PEF

"근데 말이야. 궁금한 게 있는데……."

뚱은 갑자기 대박그룹이 팔려는 회사를 누가 살 것인지가 궁금했다. 대박그룹이 파는 회사들은 국내 대기업들도 업황이 안 좋아 살 여력이 없어 보였다. 그렇지 않아도 몇 번 뚱과 친한 대기업 임원들과 식사자리에서 이야기한 적이 있었지만, 다들 자기 회사들도 위험하다는 이야기들뿐이었다.

"김 부장의 말은 지금 우리 회사를 비싼 값에 사게끔 경쟁을 붙여야 된다는 말인 것 같은데……. 그나저나 경쟁을 붙일 만한 회사가 있긴 한 거야? 내 말은 우리가 회사를 팔려고 내놓으면 사려고 하는 애들이 있냐는 말이지. 요즘 다들 현금만 회사에 잔뜩 쌓아놓고 신규 투자를 거의 하지 않잖아."

"사실 그렇습니다."

"그래. 그렇다니까? 괜히 투자해서 돈만 날리는 경우가 너무 많아서, 다들 투자를 두려워하는 것 같아. 전문경영인이라는 것이 그렇단 말이지. 가만있으면 중간은 가는데, 괜히 설치다가 실패하면 욕 얻어먹고 능력 없는 사람으로 낙인찍힌단 말이야. 투자가 필요할 때는 과감하게 해야 하는데……. 뭐, 대박그룹이 그렇게 해서 이 꼴이 나긴 했지만서도……."

김 부장은 뚱에게 PEF(Private Equity Fund, 사모투자펀드)에 대한 설명을 해야겠다는 생각이 들었다. 왜냐하면 대한민국 IB 시장은 지금 PEF가 대세이기 때문이었다.

"부사장님의 말씀대로 대박건설을 매물로 내놓게 된다면 규모가 크고 관련 업종이 모두 불황이라 국내 건설사는 관심이 없을 것입니다. 다들 자기 앞가림하기도 바쁘니까요. 하지만 PEF의 경우는 다릅니다. PEF는 이미 자금 공모를 통해 많은 여유 자금을 가지고 있으니까요. 대박건설처럼 규모가 큰 회사의 경우, PEF가 구조조정을 잘하고 운 좋게 업황까지 받쳐준다면 대박을 치는 경우도 있어 최근 매물이 나온 회사들은 PEF가 인수하는 사례가 늘고 있습니다. 저희도 그것을 노려야 합니다."
"대박을 쳤다구? 나는 PEF가 송장 뜯어 먹는 회사라고 알고 있었는데 그게 아닌가? 구조조정이라면 어감이 안 좋아서……."

"부사장님뿐만 아니라 대부분의 사람들이 그렇게 생각합니다. 약탈적 자본주의라고 할까요? 살덩어리 좀 있는 회사를 헐값에 사들인 다음, 팔릴 만한 살들만 깨끗하게 발라내서 파는 거죠. 그러고 나서는 다음 구조조정회사에 넘깁니다. 그러면 다음 회사가 이것을 반복합니다. 이렇게 몇 차례 회사가 팔리고 나면, 정말 뼈다귀만 남아서 결국 회사가 없어지게 되는 것입니다."

"그래. 나도 그렇게 들어서 PEF라면 별로 좋지 않다는 생각을 하고 있었지."

"그런데 가끔은 실력 있는 PEF가 회사를 사게 되면 회사 규모도 커지고 건실해져 더 좋아지는 경우도 있습니다. 부사장님도 맥주 좋아하셔서 잘 아시겠지만, OB맥주도 PEF에 팔린 회사입니다. 그런데 최근 3년 동안 실적이 급상승하고 시장점유율도 늘어나서 결국 최초 매입 자금 대비 4조 원 이상의 차익을 남기고 다시 팔렸습니다."

뚱은 4조 원 이상 차익을 남겼다는 말에 귀가 솔깃해졌다. 우리는 전자제품을 아무리 많이 팔아봐야 몇 천 원 남기기도 힘든데, PEF는 사인 몇 번 하고 4조 원을 남겨 먹는다고 생각하니 세상이 참 불공평하다는 생각이 들었다.

"세상이 참 불공평하구먼. 어찌됐든 결국 우리 대박건설 등 매각회사들도 PEF에 넘어갈 가능성이 크다는 말이군. 그럼 김 부장. 국내 PEF 현황과 최근 인수 사례들을 정리해봤어?"

김 부장은 뚱과 일하면서 뚱의 보고스타일에 익숙해졌다. 보고서를 빨리 가져오라고 재촉한다고 사전 준비 없이 요청한 내용만 확인해서 들어갔다가 좋은 소리를 들은 적이 없었다. 항상 데이터는 Full Scan을 해서 물어 볼 사항은 다 정리해 들어가야 했다. 물론 이번에도 그 사항을 예상하고 국내 PEF 현황, 정부 정책 방향, 최근 사례 등을 조사해 놓은 상태였다.

"예. 부사장님이 찾으실 것 같아 미리 준비해 두었습니다. 현재 국내 주요 PEF 현황, 최근 PEF M&A 사례, 특이사항, 시사점 등을 준비했습니다."

김 부장은 미리 준비해 둔 보고자료를 뚱에게 전달했다.

■ **국내 PEF 현황**(출처 : 금융감독원)

○ '13년말 현재 사모투자전문회사(PEF)는 총 237사가 등록되어, 총출자약정액 44조 원(이행액 28조 원)에 이르는 등 지속적인 성장세를 유지

- PEF 수 : 237사 ['12년말 226사 대비 11사 증가(+4.9%)]
- 약정액: 44.0조 원 ['12년말 40.0조원 대비 4.0조 원 증가(+10.0%)]
- 이행액: 28.1조 원 ['12년말 21.1조원 대비 7.0조 원 증가(+33.2%)]

PE 산업 주요 현황

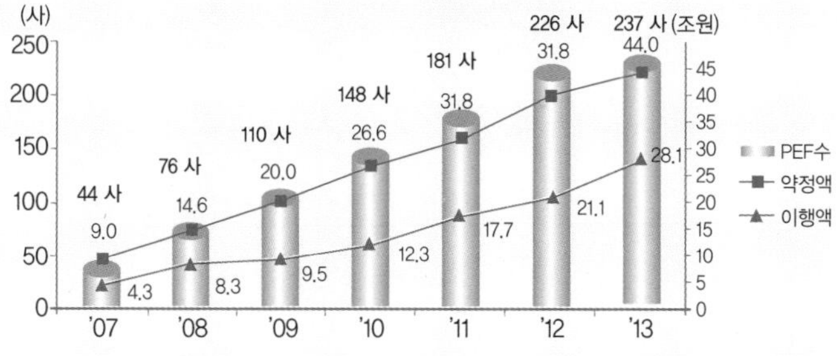

○ 투자 집행 실적

- PEF 투 집행 규모는 지속적으로 증가 추세이며, 2013년 제도 도입 이래 최대 규모 투자 집행

PEF 투자규모

(단위 : 조원)

구분	'08년	'09년	'10년	'11년	'12년	'13년	누적액
투자액	5.6	2.2	3.9	9.2	6.0	9.3	41.2

○ 투자 회수 규모

- 제도 도입 초기('05~'08년)에 조성된 PEF들의 존속기간 (일반적으로 5~8년) 만료에 따른 해산 증가로 회수액 급증

PEF 투자규모

(단위 : 조원)

구분	'04~'10년	'11년	'12년	'12년	합계
해산 PEF 수	14	10	15	34	73
투자회수액	2.7	3.8	2.1	3.7	12.3

"2004년 「간접투자자산운용업법」 개정이 되었고, 12월 미래에셋 PE와 우리PE가 3천억짜리 PEF를 설립한 이후 10년 만에 시장

규모가 140배(42조원)[6]나 불어났구먼. 이거 돈은 여기에 다 몰려 있었어. 이런 걸 모르고 있었으니……. 잠깐 이건 또 뭐야? 자산규모가 32조 원이나 되는 PE도 있네? 이 정도면 우리나라 10대 재벌[7]하고 맞먹겠어. 이 친구들이 하는 영역도 금융만 하는 게 아니라, 일반 제조, 유통, 가전 등 영역을 가리지 않구먼. 내가 영업 쪽에만 있다 보니, 세상 돌아가는 걸 몰랐네. 이런 별천지가 있을 줄이야."

뚱은 지금까지 돈은 삼성, LG, SK 등 재벌 대기업에 몰려 있을 거라고 생각했었다. 왜냐하면 불과 몇 년 전까지만 해도 회사가 시장에 매물로 나오면 재벌 대기업이 대부분 인수하여 특혜니 어쩌니 하면서 말이 많았던 시절이었기 때문이다. 그런데 요즘은 M&A딜에서 PEF에 계속 밀리고 있다는 자료를 보니 놀라웠다. 자료를 보면서 뚱은 한 가지 더 궁금한 생각이 들었다. 도대체 PE들은 그 많은 돈은 다 어디서 조달했는지 궁금했다.

---

6) 출처 금융감독원, 2013년 9월말 기준

7) 출처 공정위원회, 한화그룹 총자산 35.9조원

〈국내 PEF 인수 사례〉

시기	매물회사	인수자	인수경쟁자
2013년	ING생명	MBK	보고펀드
	웅진코웨이	MBK	GS리테일, 중국 캉자그룹
	웅진식품	한앤컴퍼니	빙그레, 신세계푸드

〈국내 PEF 투자현황〉

PE명	주요 투자회사
MBK	ING생명, 웅진코웨이, C&M, HK저축은행, 네파 유니버셜스튜디어 재팬 등
산은PE	대우건설, KDB생명 등
보고펀드	동양생명, 아이리버 등
IMM	SRS코리아, 두산DST 등
미래에셋PE	아큐시네트

"김 부장. 그런데 PE들은 그 많은 돈이 다 어디서 난 거지? PE 대표들이 그렇게 엄청난 부자야?"

"PE의 자금은 대표나 전주(錢主) 한두 명이 출자한 것은 아니고, 일반 투자자들에게 돈을 모은 것입니다. 요즘 저금리 · 저성장 시대다 보니 조금만 돈을 많이 준다고 하면 금세 엄청난 돈이 모이고 있습니다. PE들의 자금 모집 방식을 보면 투자처를 정해놓고 자금을 모으는 '프로젝트 펀드' 방식이 있고, 투자처를 정해놓지 않고 일단 돈을 모으는 '블라인드 펀드' 방식이 있습니다. 이렇게 모이는 돈이 '12년에는 10조 가까이 되었고, 매년 안정적으로 증가하는 추세입니다. 그리고 잘나가는 PEF의 수익률은 보통 20%를 넘고 있는데, IMM PE와 신한캐피탈이 공동으로 운용했던 페트라2호펀드의 경우에는 연간 수익율이 40.5%였습니다. 물론 다 이렇게 높은 수익률을 올리는 것은 아닙니다. 투자해서 지분을 팔지 못하거나 IPO[8]를 못해 회수를 못하는 경우도 많습니다. 또 정책적으로 투자한 경우에는 펀드가 청산되는 시점까지도 회사가 적자의 늪에서 허덕이는 경우도 있어 마냥 성공하기만 하는 것은 아닙니다."

〈신규 모집자금(약정액)〉

(단위 : 조원)

'04~'07년	'08년	'09년	'10년	'11년	'12년	'13년
9.0	5.6	5.7	7.3	6.5	9.7	7.4

출처 : 금융감독원

8) IPO[Initial Public Offering] – 기업 주식공개상장 기업이 최초로 외부투자자에게 주식을 공개 매도하는 것으로 보통 코스피나 코스닥 등 주식시장에 처음 상장하는 것을 말한다.

"그렇구먼. 어디든 실력 있는 사람들이 있고, 그 친구들이 다 해먹는 건 마찬가지겠지. 그리고 대표들이 하나같이 다 쟁쟁한 사람들이네. 장관, 대기업 CEO, 은행장 등 정 · 관 · 재계에 이름만 대면 알 만한 사람들이야. 어디 무서워서 그 사람들 만나볼 수 있겠어? 아무튼 그쪽 세계는 별천지 세상이구만……."

〈국내 PEF 대표 현황〉

PE명	주요 파트너	주요 이력
MBK	김병주	칼라힐 아시아 대표
보고펀드	변양호	재정경제부 금융정책국장
한앤컴퍼니	한상원	모건스탠리 PE 아시아 CIO
스카이레이크	진대제	정보통신부장관, 삼성전자 대표
파인스트리트	윤영각	KPMG 대표

"각종 인허가와 신규 자금을 가져와야 하기 때문에 정 · 관 · 재계의 유명인들이 대표로 많이 가 있습니다. 그렇다고 유명인들이 꼭 성공적인 성과를 가져왔던 것은 아닙니다. 관계에 유명한 사람이 대표로 갔을 경우 처음에는 주목 받지만, 많이 벌지 못할 경우 회장에서 물러나는 경우도 많이 있습니다. 반면에 재무 쪽에 실력 있는 사람의 경우, 조용히 세력을 확장하는 경우도 있습

니다. 이 세계는 경쟁이 치열해서 나름 실력으로 승부가 나는 세계입니다. 실력이 있으면 억만장자가 될 수도 있지만, 잘못하면 쪽박 차기도 쉽습니다. 실력이 중요하다는 것은 어디든 통용되는 말이지만, 부사장님도 움직이는 자금 규모를 보셔서 아시겠지만 철저히 실력으로 결정되는 곳입니다."

■ OB맥주 인수 및 매각 사례(KKR–어피니티 PEF)

ㅇ 전형적인 LBO(Leveraged Buy Out) 방식으로 인수

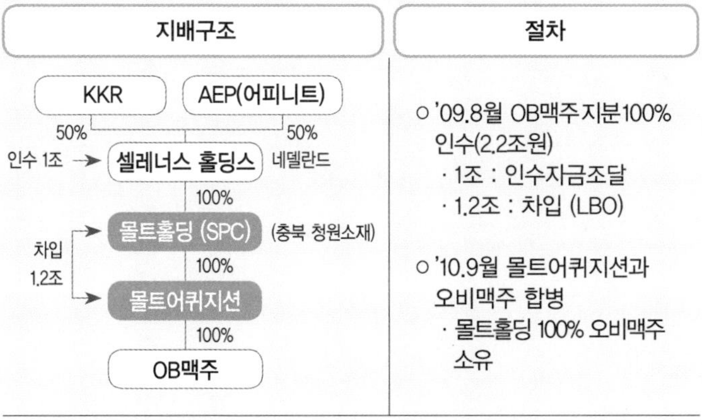

ㅇ 인수 차입금 중 배당을 통해 0.7조원 상환

ㅇ 투자 회수 규모

– '14년 6.2조에 원래 매도자인 AB인베브에 매각

– 매각차익 : 3.9조 [6.2조(매도금액) - 1.0조(매수금액) - 0.5조(금융비용 등) - 0.6조(AB인베브 콜옵션)]

[참고] OB맥주 재무현황

○ OB맥주 : 하이트를 제치고 맥주시장 M/S 상승 및 실적 개선 중

■ '12년말 자본잉여금 1.3조(자본금의 150% 초과분) 이익잉여금으로 전환

(단위 : 억원)

재무상태표				손익계산서			
항목	'10.12	'11.12	'12.12	항목	'10.12	'11.12	'12.12
자산	26,917	27,057	27,395	매 출 액	9,141	10,735	12,597
부채	12,365	10,965	9,770	매출총이익	5,113	6,074	7,289
자기자본	14,552	16,092	17,626	당기손익	1,316	1,719	2,660
(자본금)	(220)	(220)	(220)	(ROE)	(9.0%)	(10.7%)	(15.1%)

"억만장자? 우리나라에서도 그런 사례가 있었나?"

뚱은 억만장자라는 말에 눈을 번쩍 떴다.

"아까 말씀드렸듯이 최근에 OB맥주를 인수했다가 재매각한

KKR-어피니티 PEF가 이번 거래를 통해 4조 원 이상의 차익을 남겼습니다. 혹시 나중에 다른 이야기가 나올지 모르겠지만, 일단은 악의적인 구조조정이 아닌 시장 지배력 확대를 통한 기업가치 증대로 대박이 난 거라 모범적인 사례이지 않을까 싶습니다."

뚱은 이 세계가 '돈 놓고 돈 먹기'인 도박의 세계와 비슷하다는 생각이 들었다. 영업만 하다 보니, 이런 쪽 세상은 이야기 하나하나가 새로웠던 것이다.

"우리가 팔려는 대박그룹 회사들도 그쪽 사람들에게 예쁘게 보여서 비싸게 팔렸으면 좋겠구먼. 그래 아무튼 그러면 PEF들을 최대한 많이 끌어들이는 게 좋다는 이야기지? 내가 가지고 있는 학연 · 지연을 총 동원해서 내일부터 만나봐야겠어."

뚱은 다시금 자신이 할 일이 생겼다는 사실이 기뻤다. 이제부터 진정한 회생절차가 시작된다고 할 수 있었는데 자신이 거기에 도움이 될 수 있다는 사실이 무엇보다도 기쁜 것이었다.

"자, 김 부장. 그럼 정신 차리고 힘내자고. 회생계획안 잘 기획해봐. 나는 내가 할 수 있는 일에 집중할 테니."

"알겠습니다."

둘은 서로를 보며 웃었다. 처음엔 서로 충돌하기만 하고, 일방적으로 뚱이 김 부장에게 꾸지람만 하던 사이였을 뿐이었다. 그런데 둘은 어느새 서로를 이해하고 어느 정도 받아들이고 있었다. 위기를 헤쳐 나가기 위해 서로 힘을 합치다 보니 그 사이에 한 몸, 한 뜻이 된 것 같았다.

Chapter

6

고진감래

부활! 대박그룹

- 긴 터널을 빠져나오다
- 뚱 CEO 되다!
- 새로운 출발을 향해

재산보다는 희망을 욕심내자. 어떤 일이 있어도 희망을 포기하지 말자.

•

세르반테스

긴 터널을 빠져나오다

1년이라는 시간이 쏜살같이 지나갔다. 대박그룹의 모든 사람들은 1년 동안 한바탕 전쟁이라도 치룬 기분이었다. 길고 긴 인내의 시간을 거치자, 무작정 대박그룹을 비판하기만 하던 언론들도 조심스레 대박그룹 회생에 대하여 말하기 시작했다. 끊임없이 빗발치던 전화와, 하루도 빼먹지 않고 회사 앞을 찾아와서 돈을 물어달라고 항의했던 많은 사람들도 어느새 부턴가 사라지고 있었다. 사기CP 발행 문제로 인해 매일매일 검찰에 출두해야만 했던 왕 회장도 대박그룹의 회생절차가 마지막에 다가오자 마침내 무죄를 선고받을 수 있었다.

1년이라는 시간 동안 뚱은 회생계획안에 따른 자산 매각을 충실히 이행했다. 최대한 많은 자금을 확보하기 위해 뚱은 영업맨의 기질을 맘껏 발휘했다. 국내 PEF 대표들을 만나 매각회사의 가치를 끌어올리는 데 탁월한 능력을 보여, 헐값에 매각될 수도 있었던 회사들을 시장가치보다 높게 팔 수 있었다. 그렇게 대박그룹은 대박건설, 대박에너지, 대박풍력, 대박캐피탈을 매각하여 총 1.2조 원의 자금을 확보했다. 이를 통해 회생 전 부채 3.4조 원이라는 금액을, 회생절차 종결을 신청하는 지금에는 1.6조 원으로 줄일 수 있었다. 부채 감소의 상당부분은 자산매각을 통한 상환이고, 일부는 채권단 출자전환과 회생절차 개시 당시 채무재조정에 따른 것이었다.

자본은 자본잠식상태였으나, 채권단의 출자전환과 왕 회장의 유상증자를 통한 사재출연으로 4천억 수준으로 증가했다. 왕 회장은 유상증자 참여로 경영권을 유지할 수 있었지만, 2천억 이상의 자금을 투입하게 되었다. 그리고 왕 회장의 이러한 모습은 채권단에게 대박그룹의 진심을 전달하는 계기가 되었다.

대박그룹은 지난 1년간 회생계획안에 있었던 채무 1.6조 중 1.2조를 상환하여 약 75%를 변제했다. 채무의 변제가 시작되었고, 채무상환의 불확실성이 상당히 해소되었다고 판단하여 대박그룹은 회생절차 종결 신청서를 법원에 제출했다. 법원은 2주 정도 심리한 후 회생절차 종결을 결정했다.

〈회생절차 전 후의 대박홀딩스 재무제표 변화〉

회생 신청 전			회생 종결	
자산 3.1조	부채 3.4조 자본 △0.3조	⇒	자산 2.0조	부채 1.6조 자본 0.4조

뚱! CEO 되다

그동안 대박그룹의 임직원들과 직원들이 견뎌야 했던 많은 고통은 결국 대박그룹이 더욱 훌륭한 그룹으로 거듭나는 데 큰 도움이 되어주었다. 어떤 어려운 위기라도 힘을 합친다면 이겨낼 수 있다는 값진 사실을 배웠기 때문이었다. 이제 대박그룹의 밝은 미래를 그려보는 건 어려운 일이 아니었다.

법원에서 회생절차 종결 판결을 받은 날, 왕 회장은 뚱을 자신의 방으로 불렀다. 뚱은 별명답지 않게 예전보다 살이 좀 빠져 있는 모습이었다. 회사를 구하기 위하여 사방으로 뛰어다녔기 때문이었다. 왕 회장은 가슴이 뭉클해지는 것을 느끼며 뚱에게 말했다.

"장 부사장. 그동안 정말 고생을 많이 했네. 고맙다는 말을 어떻게 전달해야 할지 모르겠어. 장 부사장이 회사들을 잘 팔아줘서 이 어려운 시기를 빨리 탈출했던 것 같아. 장 부사장은 정말 영업하는 것 하나는 알아줘야 할 것 같구먼. 당신 같이 훌륭한 인재를 내가 몰라보고 있었다니……. 어찌 보면 회사를 위기로 몰아넣은 건 그 사기꾼을 믿었던 내 자신의 잘못일지도 몰라. 지금도 가끔 그때 떠나보냈던 임원들이 생각나곤 한다네."

왕 회장은 씁쓸한 미소로 과거를 떠올렸다. 그러나 왕 회장은 금방 과거를 털어버렸다. 과거는 과거일 뿐, 이제는 새로운 시작을 준비해야 했다.

"아무튼 지난 1년 동안 자네가 없었다면 정말 힘들었을 거야. 나도 장 부사장에게 많이 배웠다네. 반성도 많이 했고 말일세. 장 부사장. 정말 고맙네."

왕 회장은 두 손으로 뚱의 손을 잡으면서 감사의 말을 전달했다. 왕 회장의 눈가에는 옅은 눈물이 맺혀 있었다. 뚱도 왕 회장의 손을 꽉 잡고는 조심스레 입을 열었다. 뚱의 눈에도 굵은 눈물이 맺혀 있었다.

"제가 특별히 한 게 없는데, 회장님이 과찬을 해주시니 몸 둘 바를 모르겠습니다. 마땅히 해야 할 일을 한 것뿐입니다. 그리고 회장님도 잘 아시다시피 제가 물건은 잘 팔지 않습니까? 아직도 할 일이 많지만, 그래도 일단 한 고비는 넘긴 것 같아 다행입니다. 앞으로 다시 예전 대박그룹의 영광을 만들어 보겠습니다. 그래서 드리는 말씀인데, 저는 CFO는 이제 그만두고 다시 영업 현장으로 돌아갔으면 합니다. CFO는 저에게 맞지 않는 옷 같아서요. 저는 천상 영업맨입니다."

왕 회장은 뚱의 말을 들으면서 고개를 끄덕였다. 그렇지 않아도 그간의 공에 맞는 포상을 하려던 참이었다.

"영업 현장도 좋지만, 대박그룹을 다시 일으켜 세워야 되지 않겠나? 뚱……. 아니, 장 부사장. 대박홀딩스 사장을 맡아서 대박그룹의 부활을 진두지휘해주게. 이건 그동안 내가 자네에게 변변한 보상을 못 해준 대가이기도 하고, 앞으로 대박그룹을 이끌어 달라는 나의 부탁이기도 하다네. 이제 큰 고비는 지나갔지만 대박그룹은 앞으로도 가야할 길이 많이 있다는 걸 자네도 알고 있겠지? 난 그 길을 자네에게 맡기고 싶네. 우리 대박그룹을 살려냈으니 더욱 번창시키는 것도 자네 몫이야."

뚱은 왕 회장의 말에 눈이 똥그래졌다. 왕 회장의 눈은 뚱을 향한 굳건한 신뢰를 내비치고 있었다. 뚱은 참지 못하고 왕 회장의 손에 굵은 눈물을 뚝뚝 흘리기 시작했다. 왕 회장이 자신을 그렇게 믿어준다는 사실이 너무나 감격스러웠다.

"제가 사장 감이 될지는 모르겠지만, 열심히 해서 대박그룹의 재기 발판을 만들어 보겠습니다. 회장님. 감사합니다!"

뚱은 왕 회장의 손을 놓고는 큰절을 올렸다. 너무나 감격스러워서 자기도 모르게 얼떨결에 한 행동이었다. 큰절을 해놓고는 자기도 뻘쭘했는지 뚱은 머쓱하게 다시 말하기 시작했다.

"회장님과 같이 일했던 젊은 시절이 생각나네요. 열심히 해서 다시 과거의 영광을 만들어보도록 하겠습니다. 그런데 제가 사장으로 이동하면 CFO 자리가 비게 되는데, 혹시 생각한 사람이 있는지요?"

"아직 특별히 생각한 사람은 없는데, 추천하고 싶은 사람이 있는가? 장 사장이 추천하는 사람이라면 내가 믿고 맡길 수 있을 것 같네."

뚱도 1년간 CFO를 해오면서 CFO의 중요성을 뼈저리게 느꼈던 터였다. 그래서 사장이 되었다고 생각하자, 먼저 CFO에 대한 이야기부터 하게 되었다. 사실 뚱은 이미 김 부장을 생각하고 있었다. 비록 김 부장 스타일이 자기랑 잘 맞지는 않았지만, 그래도 과거 1년 동안 대박그룹의 위기 극복을 위해 누구보다 고생했던 사람이었다. 그리고 다혈질인 자기 성격을 군소리 없이 다 받아준 김 부장이 뚱은 못내 고마웠다.

"김 부장을 추천하고 싶습니다. 같이 일해봤는데, 재무 쪽 일을 오래해서인지 재무 쪽에는 그 누구보다도 능력이 있습니다. 그리고 제가 1년 동안 같이 일해봤기 때문에 손발을 맞추기도 쉬울 것 같습니다. 무엇보다 믿을 만한 친구여서 추천을 드립니다."

왕 회장은 잠깐 고민을 하더니, 뚱의 요청을 받아들였다.

"어차피 장 사장이 데리고 일할 테니, 편할 대로 하시게. 언제 셋이서 저녁이나 한 번 하지. 그 친구도 고생을 많이 했을 테니 내가 한 번 감사의 표시를 하고 싶구만."

"알겠습니다. 회장님! 감사합니다! 앞으로 대박그룹을 정말 대박나게 만들어보도록 하겠습니다!"

"허허, 그래요. 힘냅시다."

뚱과 왕 회장 간에 깊은 신뢰의 미소가 오고갔다.

새로운 출발을 향해

뚱은 회장실을 나오면서 김 부장을 바로 호출했다. 이런 소식을 빨리 알리고 싶어서 입이 근질거렸기 때문이다. 김 부장이 곧바로 뚱의 방으로 왔다. 뚱은 만면에 미소를 띤 채 김 부장에게 말을 걸었다.

"김 부장. 회장님에게 좀 전에 우리 회생절차가 종결됐다고 보고했소. 회장님이 많이 좋아하시더라구. 그리고 뭐라 그랬는지 아나? 한번 맞춰보게나."

"예? 글쎄요……."

“날 앞으로 대박그룹 사장으로 임명하시겠다고 말씀하셨네. 하하하!”

기차 화통을 삶아 먹은 듯 큰 웃음소리였다. 김 부장도 웃으면서 축하를 건넸다.

“축하드립니다. 사장님. 사장님은 충분히 사장 직함을 받으실 만큼 이번 위기탈출에 공을 많이 세우셨습니다. 이건 당연한 결과라고 봅니다. 이제 사장님이 되셨으니 제가 모실 날도 며칠 안 남았네요. 지주사 사장님이시니 종종 얼굴은 뵐 수 있을 것 같습니다.”

김 부장도 뚱이 사장이 된 게 진심으로 기뻤다. 이제 더 이상 뚱의 억압을 받을 일이 없을 것이라 생각했기 때문이다. 지난 1년 일도 일이지만, 뚱의 업무스타일에 익숙하지 않아 고생을 많이 했었다.

“김 부장. 나랑 헤어지니까 좋지? 내가 당신 힘들게 했던 거 나도 다 알아. 그동안 내 심통 다 받아줘서 고맙구먼.”

"아, 아닙니다. 저는……."

당황한 말투로 김 부장이 말을 하자 뚱은 그럴 줄 알았다는 듯 천연덕스럽게 말을 이어나갔다.
"근데 어쩌나? 당신 앞으로 나랑 계속 같이 일해야 되겠는데."

"네? 계속 같이 일을 한다니요? 사장님으로 부임하면 직접 뵐 일은 없을 것 같은데……."

김 부장은 계속 같이 일한다는 말에 얼굴에 미소가 싹 사라졌다. 이건 또 무슨 심통인가 싶었다.

"내가 김 부장을 지주 CFO에 천거했는데, 회장님이 허락하셨어. 내가 뭐 해줄 것은 없고, 이런 거라도 챙겨줘야지. 이제 자네는 지주 CFO 김 상무야."

이건 꿈인가? 김 부장은 뚱의 말에 지금 당장 자신의 볼을 꼬집어보고 싶었다. 그동안 만년부장으로 보냈던 시절이 주마등처럼 스쳐지나가며 가슴이 찡했다. 비록 회사가 아직 어려운 상태이긴 하지만, 직장인이라면 모두들 선망하는 대기업 임원이 된다는 것은 정말 꿈만 같은 일이었다.

"장 사장님……."

"왜?"

목이 메어서 말이 잘 안 나왔다. 1년 동안 고생한 보람이 이제야 열매를 맺었다고 생각하니 너무나 감격스러웠다.

"뭐야. 빨리 말하라구. 내가 답답한 거 싫어하는 거 이젠 잘 알지 않나?"

"저, 저를 챙겨주실 줄은 꿈에도 생각 못했습니다. 매번 꾸지람만 하셔서, 절 미워하는 줄 알았는데 제 자리까지 챙겨주시니 뭐라 감사하다고 말씀드려야 할지 모르겠습니다. 정말 감사합니다."

"뭐, 나랑 같이 일하는 게 감사할 일이 아니라는 것은 김 상무도 잘 알면서 그러나. 하하하."

뚱은 장난기가 발동했는지, 김 상무에게 농담으로 응대했다. 김 상무의 얼굴에 웃음꽃이 활짝 피어 있었다. 뚱은 김 상무를 바라보며 말을 이어나갔다.

"회장님이 우리에게 거는 기대가 커. 대박그룹은 이제 막 중환자실에서 나와 회복실에 와 있을 뿐이야. 아직도 우린 병원에 있는 거라구. 당신이랑 내가 대박그룹을 다시 예전처럼 활기가 넘치는 그룹으로 바꿔나가야 해. 잘 부탁하네. 김 상무. 당신은 재무 전문가니까 물론 잘할 거라고 믿어 의심치는 않지만, 나를 공부하게 하거나 바쁘게 만들면 가만두지 않겠어! 알지?"

"여부가 있겠습니까. 더 열심히 노력하도록 하겠습니다. 대박그룹이 예전처럼 생동감 넘치는 회사가 되도록 만들어 보겠습니다. 저의 후배들이 자부심을 가질 수 있는 멋진 회사가 될 수 있도록 최선을 다하겠습니다."

김 부장은 뚱의 배려심에 진한 감동을 받았는지 조심스레 고개를 뒤로 돌리고는 눈물을 닦았다. 사람 괴롭히는 데만 재주가 있는 줄 알았다. 그런데 이럴 줄이야……. 그동안의 고생이 한순간에 보상을 받은 것 같았다.

"이제 자네가 CFO니까 그쪽 일은 자네가 잘 챙겨보도록 해. 앞으로 CFO가 뭐 해야 하나?"

"사장님. 벌써부터 일 시작하는 건가요? 하하하……. 그럼 제가 앞으로 할 일에 대해 간단하게 브리핑하겠습니다. 먼저 체력을 다시 다지기 위해 구조조정을 해야 할 것 같습니다. 우리가 구조조정이라고 하면 무조건 인력을 자르는 것만 생각하는데, 인력 구조조정뿐만 아니라 사업 구조조정 등 다양한 부분이 있습니다. 그리고 이번 기회에 그룹 재무시스템 정비도 다시 해볼 계획입니다. IFRS[9]가 도입되어 연결되는 회사들도 많은데 재무정보를 취합하는 데 너무 시간이 오래 걸리고 정합성에도 의문이 있습니다. 그리고 회사가 성장하기 위해서는 합리적인 인센티브가 필요한데, 인센티브 체계를 갖추기 위해서는 관리회계 시스템도 구축되어야 합니다. 내부통제도 정비해야 하고, 또 대규모 결손금 등을 어떻게 활용할 건지 세무적으로 검토해봐야 합니다. 이렇게 말하다 보니 앞으로도 일이 정말 많겠네요."

9) IFRS[International Financial Reporting Standards]- 국제회계기준기업의 회계 처리와 재무제표에 대한 국제적 통일성을 높이기 위해 국제회계기준위원회에서 마련해 공표하는 회계기준

"김 상무. 그걸 내가 다 이해할 거라고 생각하고 말하는 건 아니겠지? 이 사람 좀 풀어주니까 금방 방심하는구먼. 뭐 이제 김 상무가 알아서 챙길 일이고 기분도 좋고 그러니, 이번에는 내가 그냥 넘어가겠어. 잘 알겠지만, 앞으로 나한테 보고를 그런 식으로 하면 예전과 똑같을 것이라는 것만 명심해!!"

"하하, 알겠습니다."

뚱은 웃으면서 김 상무의 손을 굳게 잡았다. 오후의 청명한 햇살이 그들을 비추고 있었다.
대박그룹은 이제 위기를 벗어나 새로운 도약을 준비하는 단계에 오게 되었다. 앞으로 대박그룹은 새로운 도약을 위해 재무시스템 정비를 먼저 해야 할 것이다. 위기 속에서 더욱 빛나는 CFO의 활약으로 인해 대박그룹은 거대한 폭풍우를 이길 수 있었다. 앞으로도 CFO는 대박그룹의 앞날에 더욱 밝은 앞날을 가져오는 가장 큰 힘이 되어줄 것이다.

Epilogue

대한민국은 구조조정 중

2013년말 대한민국은 442억달러라는 사상 최대 무역흑자를 기록하였고, 3천억달러가 넘는 외환보유고를 가지고 있어 외형적으로 경제가 좋아 보인다. 하지만 이는 일종의 착시현상으로, 2014년 대한민국은 현재 구조조정이 한창 진행중이다. 사상최대라는 무역흑자의 상당수는 일부 글로벌기업이 창출하는 것이다. 이들을 제외하면 대한민국 경제의 허약한 현실이 드러난다. 2008년 글로벌금융위기가 발생한 후 6년이 지난 지금 많은 기업들이 경영 한계를 드러내고 있다. 한계기업들은 현재 은행을 주축으로 한 채권단으로부터 혹독한 구조조정을 강요 받고 있다. 과거 샐러리맨 신화로 여겼던 대기업부터 광복이후 건실하게 성장했던 전통적인 대기업까지 단기 유동성 부족으로 회사의 생사가 채권단에 넘어가 있는 상태인 것이다. 2013년 처음 이 책을 구상할 당시 기업들의 경영환경은 이보다 더 나쁠 수 없다고 느꼈다. 조만간 경기가 곧 좋아질 것이라는 생각에 당시가 바닥이길 바랬으며, 그래서 이 책이 출간될 지금 즈음 경기가 좋아져 더 이상 사람들이 이런 주제에 관심을 받지 않기를 기대 했었다. 하지만 지금 상황은 기업들의 상황이 호전되기 보다는 더욱 악화중이다. 그런 이유에서인지 이명박정권에서 추진했던 산업은행 민영화 정책을 중지시키고 다시 '정책금융의 맏형'이라는 용도폐기되었던 과거의 임무를 다시 부여하였다. 기업들의 구조조정을 정부가 다시 주도적으로 챙겨할 필요가 생긴 것이다.

한계기업에게 희망을…

이 책은 대학생을 포함한 재무에 관심있는 사람들에게 사례를 바탕으로 재무지식을 쉽게 전달할 목적도 있었지만, 한계 기업들에게 희망을 주고 싶은 마음 또한 있었다. 위기에 처한 임직원들이 혼연일체가 되어 기업을 살리고자 한다면 대박그룹처럼 다시 재기의 기회를 가질 수 있다는 것을 보여주고 싶었던 것이다. 물론 개인의 이익을 우선시해 자기 몫만 챙기고 다른 임직원들을 곤경에 빠뜨리는 악덕 기업주도 있지만, 대부분의 기업인들은 사명감을 가지고 경영활동을 하고 있다고 필자는 믿고 있다. 필자는 이 책이 현재 곤경에 처한 기업인들에게 작은 아이디어를 제공하여 재기의 발판이 되기를 바란다. 대한민국의 발전은 어려운 환경에서도 굴하지 않고 기업가정신을 발휘하는 기업인들의 손에 달려 있는 것이다.